# AÉRO

Emile de Harven

illustrations by
Paul Snyder

EMC Corporation
Saint Paul, Minnesota

©1974 by EMC Corporation

ISBN -0-88436-176-4

Published 1974
Published by EMC Corporation
300 York Avenue, Saint Paul, Minnesota 55101
Printed in the United States of America
09

# Table of Contents

# Introduction

*AERODRAME* is a suspense thriller that weaves its fine webs of mystery and intrigue throughout the 25 continuous episodes. The program is intended for the late second year high school or second semester college student. Together with the accompanying book, 8 recordings (tapes or casettes) and a comprehensive Teacher's Guide, the program will help the student to improve his ability to speak French and to understand it when spoken naturally by French people.

*AERODRAME* covers progressively the most common patterns of speech in everyday French. Each episode contains, besides the story, useful vocabulary and conversational exchanges.

The *book* begins with a general introduction followed by the text of each episode along with the corresponding questions. Numerous illustrations help convey the particular highlight of each episode. At the end of the book is the vocabulary section listing all the words used in the episodes.

The *tapes* and *cassettes* contain a dramatized and sound effected version of the individual episodes. Listening comprehension tests for each episode have been recorded to measure the student's understanding of the recorded sections.

The idea behind this series is to show the student that he can learn and improve his French in an entertaining way and, at the same time, achieve reasonable fluency, a good pronunciation and the confidence to use his French in conversation.

# 1 Querelle d'amoureux

*Nous sommes à Paris. Nous sommes près des Champs-Elysées et de l'Arc de Triomphe. En fait nous sommes Avenue Hoche. . . et maintenant nous sommes dans un petit bar, tranquille, agréable. Il y a de la musique. . . .*

**Client:** Barman, un whisky s'il vous plaît.

*. . . .et il y a du whisky. . . .*

**Barman:** Oui, Monsieur, voilà. . . De la glace, Monsieur?
**Client:** Oui, s'il vous plaît.
**Philippe:** *(il entre):* Bonjour. . . Alors, Cécile, ça va?
**Cécile:** Oui. Et toi?
**Philippe:** Moi? Très bien.
**Cécile:** Oh toi, Philippe, tu vas toujours bien, non?
**Philippe:** Oui, c'est vrai.

*Un petit bar, de la musique, deux copains: Cécile, Philippe Chapel. Philippe est journaliste; il est reporter à la radio, à Radio Inter. Cécile, elle, eh bien, elle est. . . Cécile, une copine, une fille de vingt ans, jolie. . . .*

**Cécile:** Qu'est-ce que tu fais?
**Philippe:** Rien. Je bois une bière; tu vois. . . Et toi, qu'est-ce que tu fais?
**Cécile:** Moi? Rien. Absolument rien. Je regarde mon copain Philippe Cha-pel. . . . Dis-moi, tu attends Sylvie, non?
**Philippe:** Oui. J'attends toujours Sylvie.
**Cécile:** Eh oui, je sais. . . . Tu es amoureux?
**Philippe:** Oui, je suis amoureux.
**Cécile:** Moi aussi; mais c'est différent. Tu comprends?
**Philippe:** Oui, je comprends. Tu veux un verre?
**Cécile:** Oui, je veux bien. Un whisky, s'il te plaît.
**Philippe:** Barman. . .
**Barman:** Oui, oui, je sais, un whisky pour Mademoiselle Cécile. . . . Et de la glace. . . . De l'eau. . . . Et voilà. Et voilà aussi Mademoiselle Sylvie.
**Cécile:** Ah!
**Philippe:** Excuse-moi, Cécile. . .
**Sylvie:** *(elle s'approche):* Excuse-moi, mon chéri; je suis en retard.

Philippe: Pas d'importance.
Sylvie: Non, en effet, je vois. . . .
Philippe: Hein?
Sylvie: Pas d'importance.
Philippe: Qu'est-ce que tu veux?
Sylvie: Quoi?
Philippe: Tu préfères le bar ou une table?
Sylvie: Je préfère une table.
Philippe: Alors viens. Par ici. Cette table. . . .

*Philippe et Sylvie vont à une table. Ils prennent place. Sylvie n'est pas contente, à cause de Cécile; et Philippe, lui, il est. . . il est content de voir Sylvie, mais il est embêté.*

Sylvie: Alors?
Philippe: Eh bien. . . . Ecoute, Sylvie, je regrette, mais. . . .
Sylvie: Quoi?
Philippe: Eh bien, pour le week-end, euh. . . je ne peux pas; passer le week-end avec toi, ce n'est* pas possible.
Sylvie: Comment? Nous ne passons pas le week-end à la campagne, toi et moi? Mais enfin, Philippe!
Philippe: Mais non, que veux-tu? J'ai un travail pour la radio, un travail très important.
Sylvie: Quoi? aujourd'hui samedi? et demain dimanche?
Philippe: Oui, que veux-tu? C'est comme ça. Je vais au Salon de l'Aéronautique du Bourget; un reportage pour Radio Inter.
Sylvie: Quand?
Philippe: Mais aujourd'hui, je te dis; aujourd'hui et demain.
Sylvie: Oh, ça alors!
Philippe: Et lundi probablement.
Sylvie: Ecoute, vraiment! Et notre week-end alors? Et ta promesse?
Philippe: Que veux-tu? C'est comme ça. J'ai mon travail, moi.
Sylvie: Qu'est-ce que tu préfères? Ton travail ou moi?
Philippe: Assez, non? Ecoute, je t'en prie. . . Et maintenant, excuse-moi un instant; je téléphone, je téléphone à Radio Inter et je reviens. Excuse-moi. . .

Cécile: Alors? Ça va ou ça ne va pas?

---

*This asterisk that often appears in the text points to the numerous cases of divorce between written French and colloquial French as heard on the recordings. These are oral contractions and deformations such as: *c'est pas* instead of *ce n'est pas; i' parle pas beaucoup* instead of *il ne parle pas beaucoup; je la connais pas* instead of *je ne la connais pas;*

**Philippe:** Je téléphone, voilà tout. Barman, le téléphone s'il vous plaît.

**Barman:** C'est pour Paris ou pour la province?

**Philippe:** Pour Paris.

**Barman:** Alors, allez-y.

**Philippe:** Allô. . . . Allô, Radio Inter? Le Service des Informations, s'il vous plaît. . . Oui; c'est de la part de Philippe Chapel. . . . La secrétaire? Oui, d'accord. . . Allô, Monique? Philippe Chapel à l'appareil. Aujourd'hui au Bourget c'est à quelle heure? . . . A deux heures? Deux heures juste? Bon, d'accord. . . . En retard, moi? Mais non, voyons, jamais! Allez, salut. *(à lui-même)* A deux heures au Bourget. . . . Quelle heure est-il?

**Barman:** Une heure, Monsieur Chapel.

**Philippe:** Déjà une heure. Tiens! Mais. . . . mais Sylvie où est-ce qu'elle est?

**Cécile:** Sylvie? Partie, au revoir, bye bye.

**Philippe:** Mais ce n'est* pas possible!

**Cécile:** Hé oui, c'est possible, tu vois; pendant ton coup de téléphone.

**Philippe:** Elle exagère, non? *(à lui-même)* Est-ce que j'ai le temps? Non, pas vraiment. Tant pis. Elle est sûrement chez elle. Je vais vite chez elle. Allez, au revoir, Cécile.

**Cécile:** Salut. Et bonne chance.


**Philippe:** Ah, quelle circulation!

*Oui, la circulation est intense aujourd'hui à Paris; peut-être à cause du Salon de l'Aéronautique du Bourget. Et il y a beaucoup de visiteurs, des visiteurs français et étrangers. Et Philippe est déjà en retard. Enfin il arrive chez Sylvie. . . . Il monte les escaliers. Il arrive au premier étage. . . . Il est devant la porte de Sylvie. . . . Il sonne, une fois. . . . Il sonne une deuxième fois. . . . une troisième fois. . . .*

**Sylvie:** *(de l'autre côté de la porte):* Oui, oui, oui, un instant; j'arrive. . . . Ah, c'est toi?

**Philippe:** Oui, tu vois, c'est moi. Excuse-moi, Sylvie, mais je suis en retard et. . . .

**Sylvie:** Eh bien alors, pars, pars vite.

**Philippe:** Ecoute, Sylvie, je t'en prie. Pour le week-end ce n'est pas ma faute. C'est la faute de mon patron; ce matin il téléphone et il me dit: "Mon petit Chapel, vous allez au Bourget aujourd'hui et demain, et peut-être lundi."

**Sylvie:** Et hop! Notre week-end, au revoir.

**Philippe:** Mais oui, ma chérie, je sais, mais c'est comme ça. Ecoute, j'ai une idée. Ce soir nous allons au théâtre. . . . *(pas de réaction)*. Au cinéma, tu veux? Après ça, un bon petit dîner, toi et moi. D'accord?

**Sylvie:** *(elle cède enfin)* Euh. . . . . oui, pour toi, d'accord. Excuse-moi.

**Philippe:** Tu es un amour.

**Sylvie:** Et toi aussi tu es un amour. . . . *(Elle l'embrasse)* Maintenant va, va vite.

**Philippe:** Oui, je suis déjà en retard. A ce soir. D'accord pour sept heures?

**Sylvie:** Oui, sept heures, mais sept heures juste, hein? Je t'aime, tu sais.

**Philippe:** Moi aussi. . . . Oh, qu'est-ce que je suis en retard. . . . *(dans sa voiture)* Ah, ce feu rouge, ce feu rouge. . .! Quelle heure est-il? Ah bon, ça y est, le feu est vert. . . . Quelle heure est-il? Une heure et demie, déjà! Ce n'est* pas possible. Au Bourget à deux heures, au Bourget et au bureau de la presse à deux heures, ce n'est* pas possible. . . . Encore un feu rouge. Oh, cette circulation. . . . Je suis terriblement en retard. Tout ça à cause de. . . . enfin oui, à cause de Sylvie. Ah, voilà le feu vert. Enfin la grand'route. . . . Quatre-vingts. . . Quatre-vingt-dix. . . Cent. . . . Cent vingt. . . . Bon, maintenant ça va. . . Mais qu'est-ce que c'est que ça? Un bouchon de circulation sur cette route? Ce n'est* pas possible! Une heure quarante-cinq. Alors là c'est foutu; foutu, foutu! Avec la ligne jaune, dépasser les autres voitures, pas question. Quelle malchance! Eh bien, tant pis, ligne jaune ou non, je dépasse. . . . Aïe, aïe-aïe, aïe-aïe, ça c'est pour moi. Je suis déjà en retard et maintenant voilà les flics, les flics!

# QUESTIONNAIRE

1. Où se trouve le petit bar tranquille où Philippe attend Sylvie?
2. Philippe est-il amoureux de Cécile?
3. Philippe, est-ce un ingénieur?
4. Philippe boit une bière. Et Cécile, que boit-elle?
5. Sylvie est-elle amoureuse de Philippe?
6. Philippe, comment va-t-il passer son week-end?
7. Quelle était la promesse de Philippe à Sylvie?
8. Pourquoi Sylvie s'en va-t-elle?
9. Finalement, est-ce que Sylvie pardonne Philippe?
10. Pourquoi Philippe ne doit-il pas dépasser les autres voitures?

# 2 Le Bourget

*Hé oui, voilà les flics. Ils sont après Philippe Chapel. La ligne jaune, après tout, c'est important. Traverser la ligne jaune sur la route, c'est une infraction. Et... une contravention.*

Philippe: Ah aïe, aïe, aïe... Ce flic... Je n'aime pas la tête de ce flic.
Policier: Bonjour, Monsieur.
Philippe: Bonjour.
Policier: Alors, la ligne jaune...
Philippe: Hé oui, je sais; je m'excuse.
Policier: Vos papiers, s'il vous plaît. D'abord les papiers de la voiture.
Philippe: Les voilà.
Policier: Et votre permis de conduire.
Philippe: Le voilà.
Policier: Chapel, Philippe, domicilié à Paris. Profession: journaliste.
Philippe: Oui, je suis journaliste et je vais au Bourget pour le....
Policier: *(l'interrompt):* La carte grise de la voiture... Mm... La vignette pour la voiture... Bon, ça va. Votre carte d'identité maintenant, s'il vous plaît.
Philippe: Oh, écoutez. Je suis reporter, je vais au Bourget, je suis en retard et...
Policier: Ce n'est pas de ma faute. Vous avez votre métier, votre travail; eh bien, moi aussi, j'ai mon travail, Monsieur. Vous êtes en infraction; c'est la contravention.
Philippe: Je veux bien une contravention, ce n'est* pas ça; mais....
Policier: Ah, vraiment?
Philippe: Mais faites vite, je vous en prie. Quelle heure est-il?
Policier: Deux heures moins dix, pardon, moins huit.
Philippe: Ce n'est* pas possible, ça alors!
Policier: Eh oui, Monsieur, c'est possible.
Philippe: Ecoutez-moi, s'il vous plaît. Je travaille pour Radio Inter. A deux heures, à deux heures juste je passe sur les ondes, oui, je suis devant le micro de Radio Inter au Salon du Bourget. Dans huit minutes.
Policier: Pour Radio Inter... Votre nom; c'est Chapel? Ah, mais je... je connais votre nom; j'écoute Radio Inter, moi.
Philippe: Ah ha!
Policier: A deux heures devant le micro, vous dites?
Philippe: Oui, à deux heures juste.

**Policier:** Tenez, voici vos papiers. Et maintenant en route et en vitesse. Je passe devant et vous suivez.

**Philippe:** Ça c'est formidable, merci beaucoup.

**Policier:** Allez, venez. On y va.

**Philippe:** *(en aparté)* Eh bien il est gentil, ce flic, enfin... pour un flic. Un flic auditeur de Radio Inter. Au fond, pourquoi pas? *(au volant)* Hé bien.... Cent.... Cent dix.... Cent vingt.... Cent trente.... Cent quarante. C'est presque supersonique. ...

**Policier:** Et voilà, Monsieur Chapel; deux heures moins deux. Content?

**Philippe:** Ah oui, merci. Au revoir et merci encore.

*Les micros de Radio Inter sont devant le bureau de la presse. Une heure moins une. Le technicien de Radio Inter est là. Philippe Chapel arrive, il prend place devant le micro. Il met ses écouteurs, son casque d'écoute, son casque comme on dit dans le métier; et il entend le speaker de Radio Inter dans les studios de Paris.*

**Speaker:** Et voilà, Mesdames et Messieurs, voici la fin de notre intermède musical. Il est deux heures... deux heures juste au deuxième top.... Il est deux heures. Ici les studios de Radio Inter à Paris. Et maintenant nous allons au Bourget. Et là, au Salon de l'Aéronautique du Bourget, nous retrouvons, en direct, notre reporter Philippe Chapel. A vous, Philippe Chapel, au Salon du Bourget.

**Philippe:** Merci, les studios de Radio Inter. Eh bien oui, ici le Salon du Bourget et ici, sur place, en direct, votre reporter, Philippe Chapel. Eh oui, le Salon de l'Aéronautique du Bourget, c'est la grande fête internationale de l'aviation. Vous entendez certainement les avions en vol... Et revoici maintenant pour la deuxième fois, un appareil français, le Delta SS 2,4, un avion tactique de grande classe. Nous voyons maintenant une démonstration étonnante. ... Le Delta SS 2,4 est un avion extraordinaire et encore secret. Et maintenant, Mesdames et Messieurs, je rends l'antenne aux studios pour quelques minutes de musique et d'information. Ici Philippe Chapel; c'est un reportage en direct du Bourget; à vous les studios.

**Speaker:** Merci, Philippe Chapel. Ici les studios de Radio Inter.... Dans quelques instants, notre flash d'information. Mais tout d'abord, pour vous Mesdames, et pour vous Mesdemoiselles, une bonne nouvelle. Oui, Madame, Mademoiselle, Palmor est là pour vous. Vous êtes jolie, vous êtes jeune, vous avez la peau tendre; Palmor, le grand savon Palmor est l'ami de votre corps. Palmor c'est une caresse pour votre visage, pour vos mains, pour votre corps, Mesdames. Palmor, un ami, une caresse. . . . Et voici maintenant notre flash d'information. Deux grands titres dans notre journal de ce soir: la situation au Moyen-Orient et le Salon du Bourget. Au Moyen-Orient, tension politique, situation grave, concentration de troupes près des frontières. Ce soir à huit heures, dans notre journal, un reportage complet de notre correspondant au Moyen-Orient. Autre grand titre de l'actualité: le Salon du Bourget; et là, sur place, un autre reporter de Radio Inter, Philippe Chapel. Mais avant cela, voici pour tous les auditeurs, et pour toutes les auditrices de Radio Inter. . . . un petit cadeau. . . un petit cadeau musical. . . . de Palmor, l'ami, le savon-caresse PALMOR.

*Au Bourget, Philippe Chapel attend la suite de son reportage. Il a encore quelques minutes devant lui. . . Il admire le Delta SS 2,4; ce bel avion est maintenant au sol.*

Philippe: Le Delta SS 2,4, quel bel avion, quel avion magnifique! Il est merveilleux sous le soleil. Mais. . . mais ces deux hommes près du Delta, qu'est-ce qu'ils font? C'est drôle, ça. Ils ne sont pas pilotes, ils ne sont pas de la police. Qui sont ces deux hommes. . .?

*Effectivement, qui sont ces deux hommes? Pour Philippe Chapel, quitter le micro c'est impossible. Il attend l'antenne; il attend la suite de son reportage. Mais pour nous, c'est autre chose. Ecoutons. . .*

Agent 1: Alors, tu comprends, hein?

Agent 2: Oui, bien sûr.

Agent 1: Tu regardes, tu examines bien le Delta. Tu prends des photos. Et puis, il y a le laser et le gyroscope. . . .

Agent 2: Oui, oui d'accord.

Agent 1: Et maintenant tes papiers.

Agent 2: Pourquoi?

Agent 1: Tes papiers. Ta carte d'identité.

Agent 2: Bon. La voici.

Agent 1: Ton permis de conduire.

Agent 2: Le voici.

Agent 1: Tu as une carte de crédit?

Agent 2: Oui. Tiens. . . la voici.

Agent 1: C'est tout?

Agent 2: C'est tout.

Agent 1: Et maintenant écoute. En cas d'ennuis avec la police, pas un mot, mais pas un mot, tu comprends? "Qui es-tu?"

**Agent 2:** "Je ne sais pas."

**Agent 1:** "D'où viens-tu?"

**Agent 2:** "Je ne sais pas."

**Agent 1:** "Pour qui travailles-tu?"

**Agent 2:** "Je ne sais pas."

**Agent 1:** C'est bon; vas-y maintenant. Non, attends, attends une seconde. . . Je vois deux policiers près du Delta. . . .

**Philippe:** Mais qui sont ces deux hommes? C'est bizarre. Je vais voir. . .

**Speaker:** Et maintenant, du studio, nous retournons au Bourget. A vous, Philippe Chapel.

**Philippe:** *(pris de court)* Euh. . . merci les studios. *(Machinalement)* Ici Philippe Chapel en direct du Bourget. Et maintenant, Mesdames et Messieurs, euh. . .

*Il hésite un instant. Il pense: ces deux hommes, qui sont-ils? Ah, voilà une bonne idée; appeler son ami le technicien de Radio Inter; mais d'abord. . .*

**Philippe:** Et maintenant. . . dans un instant, la suite de notre reportage.

*Il ferme le micro; il appelle.*

**Philippe:** Psst! Hé, Jean! . . . .     Jean, viens ici, viens! . . . Jean! Ah, tant pis, je continue mon commentaire. Eh bien, chers amis de Radio Inter, nous voyons maintenant un hélicoptère, euh. . . un hélicoptère russe ici au Salon de Bourget. Mais écoutez. . . Jean! Hé, Jean, viens!

# QUESTIONNAIRE

1. Pourquoi le flic arrête-t-il Philippe?
2. A quelle heure Philippe doit-il passer sur les ondes?
3. Quelle heure est-il quand le policier arrête Philippe?
4. Est-ce que le policier écoute la radio?
5. Le policier donne-t-il une contravention à Philippe?
6. Comment s'appelle l'avion tactique qui donne une démonstration étonnante?
7. Comment s'appelle l'ami du corps de ces dames et de ces demoiselles?
8. D'après Radio Inter, quelle est la situation politique au Moyen-Orient?
9. Qu'est-ce que Philippe voit près de l'avion après sa démonstration?
10. Y a-t-il d'autres personnes près de l'avion tactique de grande classe?

LE BOURGET
RADIO INTER

# 3 Arrestation

*Nous revoici au Bourget et revoici Philippe Chapel. Il va reprendre, il va continuer son reportage pour Radio Inter sur le Salon aéronautique. . . .*

Philippe: Eh bien, en cet instant, Mesdames et Messieurs, nous attendons l'arrivée du Premier Ministre. Le Premier Ministre va arriver d'un instant à l'autre; avec lui, le Ministre de l'Air. D'ici, je vois la fanfare des Forces de l'Air. A l'arrivée du Premier Ministre, bien sûr, la fanfare va jouer La Marseillaise. Puis nous allons voir, vous allez voir, ou entendre, la présentation d'un appareil prestigieux, le fameux avion supersonique Concorde.† Eh bien voilà, en cet instant même, voilà la voiture du Premier Ministre. . . Elle va s'arrêter devant la tribune officielle. . . . Vous entendez certainement les applaudissements et les ovations du public. Le Premier Ministre va maintenant descendre de voiture. . . . Voilà, c'est fait. A son tour, le Ministre de l'Air. Et maintenant la fanfare va jouer La Marseillaise. . . . Vous venez d'entendre La Marseillaise; le public applaudit; et déjà le Concorde arrive sur la piste devant la tribune officielle. . . . Tout le monde regarde et admire cet avion prestigieux.

*Mais les "deux hommes," ces deux hommes mystérieux près du Delta SS 2,4, pour eux Concorde n'a pas d'intérêt.*

Agent 2: Nous allons attendre encore un petit peu, d'accord?
Agent 1: Oui, il y a encore des flics par ici.
Agent 2: Ils vont certainement aller près de la tribune officielle et près du Concorde.
Agent 1: Et maintenant un dernier mot. Au stand de présentation du Delta, tu vas prendre le gyroscope. . .
Agent 2: Oui, oui, je sais; je vais prendre le gyroscope et le laser.
Agent 1: Ah, ça y est. Le Concorde va décoller, je crois.
Agent 2: Oui, vas-y, c'est le moment.

Philippe: Eh oui, Mesdames et Messieurs, Le Concorde est sur la piste. Il roule à 300 kilomètres à l'heure. Il va décoller dans quel-

---

†The French refer to the Concorde aircraft with or without an article depending on how much prestige and personification they attribute to it.

ques secondes. C'est extraordinaire, la grâce, la beauté de cet appareil. . . . Et voilà. Ça y est. Il décolle. Concorde décolle et monte droit dans le ciel, un ciel bleu et pur, sans nuages, un ciel idéal pour ce Salon de l'Aéronautique du Bourget. Dans quelques instants nous allons voir passer Concorde au-dessus de nous; il va virer, puis il va passer au-dessus de la tribune officielle. Ecoutez. . .

Policier 1:    Hé, vous là-bas!
Policier 2:    Arrêtez!

Philippe:    *(en aparté)* Mais. . . . mais qu'est-ce qui se passe? Ces coups de sifflet. . . . Deux policiers. . . . Et cet homme, mais c'est. . .

Policier 1:    Arrêtez!
Policier 2:    Arrêtez ou je tire! . . . . Arrêtez, arrêtez ou je tire!

Philippe:    *(en aparté)* Alors ça c'est sérieux. Bon. Je termine mon reportage. . . *(Au micro)* Eh bien, Mesdames et Messieurs, nous attendons le passage de Concorde; il va passer dans deux ou trois minutes environ. Et nous allons attendre son passage. . . en musique! A vous les studios.

Policier 1:    Qu'est-ce que vous faites ici?
Agent 2:    Rien.
Policier 1:    Qui êtes-vous?
Agent 2:    *(méprisant)* Et vous?
Policier 2:    Vous allez voir. . . .
Policier 1:    Vous allez venir avec nous.
Policier 2:    Et du calme hein? du calme. . .
Policier 1:    Venez, pas d'histoires!
Policier 2:    Allez, debout! Debout, vous entendez?
Policier 1:    Attention!
Policier 2:    Non, ce n'est rien.
Policier 1:    Eh, qu'est-ce que c'est? Qu'est-ce que c'est? . . . . Vous allez parler, oui ou . . . .
Agent 2:    Zut!
Policier 2:    Allez, viens, nous allons emmener ce type; nous allons emmener ce type à la Préfecture. Allons-y. A la voiture, et en vitesse. . .! En vitesse, vous entendez?

Philippe:    Ce type avec les deux flics. . . ce type, c'est bien lui; cet homme suspect près du Delta, c'est lui. Ils vont certainement aller à Paris, à la Préfecture de Police. Et l'autre homme, le deuxième homme où est-il? Tant pis, ça ne fait rien, je vais suivre cet homme-là et les deux flics... Et mon reportage? Tant pis pour Concorde. Je vais téléphoner à Radio Inter.

*Philippe quitte son micro. Il va vite au bureau de la presse. Là il y a des téléphones pour les journalistes.*

| | |
|---|---|
| **Philippe:** | Ce n'est* pas croyable. Tout le monde téléphone. Pas un seul téléphone de libre... Mais qu'est-ce que je vais faire? |
| **Un journaliste:** | *(à côté de lui)* Attendre, mon vieux, vous allez attendre comme tout le monde. |
| **Philippe:** | Oui, mais moi c'est urgent. |
| **Le journaliste:** | *(Il rit.)* |
| **Philippe:** | En tout cas je suis avant vous. |
| **Le journaliste:** | Peut-être. Peut-être vous êtes avant moi, peut-être je suis avant vous. Nous allons voir. |
| **Philippe:** | Flute alors...! Vous voulez mon poing sur la gueule? |
| **Le journaliste:** | Allez, du calme, mon petit, du calme. |
| **Philippe:** | Le suspect et les deux flics, où est-ce qu'ils sont maintenant? Je vais manquer un fameux scoop, moi. Ça alors c'est idiot, c'est trop idiot! |
| | |
| **Speaker:** | Et maintenant, amis auditeurs de Radio Inter, après cet intermède musical, nous allons écouter ensemble le reportage de Philippe Chapel au Bourget. A vous, Philippe Chapel... *(Silence)* A vous, Le Bourget... *(Silence)* Allô, Philippe Chapel, allô, Le Bourget... *(Silence)* Eh bien, Mesdames et Messieurs, voilà, nous avons un petit ennui technique, un petit ennui de liaison avec Le Bourget. Avant de reprendre le contact avec notre reporter, voici un autre disque et, bien sûr, c'est un cadeau de Palmor, le savon-caresse PALMOR. |
| | |
| **Philippe:** | Ah, enfin un téléphone! Vite, avant ce type.... |
| **Le journaliste:** | Vous permettez? |
| **Philippe:** | Ah non, je suis avant vous. |
| **Le journaliste:** | Non, mon cher ami, vous êtes après moi. |
| **Philippe:** | Je suis au téléphone, tant pis pour vous. Quel crétin ce type... Ah bon sang, c'est occupé.... Encore occupé! Ce n'est* pas possible, ça. |
| **Le journaliste:** | C'est occupé? Alors raccrochez. Raccrochez et passez le téléphone aux autres.... Merci, très aimable.... |

**Philippe:** Vous rigolez, non? Allô, allô Sylvie? . . . Oui, je suis au Bourget. Ecoute, ma chérie. . . Comment?

**Le journaliste:** Ah, il téléphone à sa "chérie." "Bonjour, ma chérie. Oui, je t'adore. Oh, mon amour. . ."

**Philippe:** Oh, vous alors. *(Au téléphone)* Ecoute, je suis au Bourget. Alors écoute bien. J'ai un scoop, une affaire importante. Téléphoner à Radio Inter c'est impossible, c'est occupé. . . Comment? . . . .

**Le journaliste:** "Un scoop? Ah mon Dieu, je t'aime, mon chéri, je t'aime!"

**Philippe:** Zut vous! . . . Mais non, ma chérie, mais non. J'ai un idiot là à côté de moi. Bon. Tu vas téléphoner à Radio Inter, tu vas demander mon patron; tu vas expliquer pourquoi je ne suis pas au micro. . . Comment? . . .

**Le journaliste:** "Oh, mais oui je t'aime, mon grand chéri."

**Philippe:** Salopard! Andouille! *(Au téléphone)* Hein? . . . Oui c'est une affaire très importante. La police vient d'arrêter un suspect; oui un homme avec euh. . .avec, euh. . . . je ne sais pas, des instruments scientifiques; près du Delta. . . Et pour ce soir, rendez-vous au petit bar à sept heures. . . Oui, oui à sept heures juste. Au revoir.

**Le journaliste:** *(grandiloquent)* "Adieu ma Juliette, adieu ma cocotte!"

**Philippe:** Ferme-la donc, Quasimodo!

**Philippe:** Et le suspect? et les flics? Ah bon sang, où sont-ils? Ça y est, c'est foutu, je vais rater mon scoop. . .

# QUESTIONNAIRE

1. Qui accompagne le Premier Ministre?
2. Qui applaudit le Premier Ministre?
3. Comment s'appelle l'avion supersonique prestigieux qui va être présenté?
4. Que doit prendre l'un des hommes mystérieux au stand de présentation du Delta?
5. Quel temps fait-il ce jour-là?
6. Les policiers attrapent-ils un des hommes mystérieux?
7. Quel est l'ennui de liaison qui empêche Philippe d'être au micro de Radio Inter?
8. Philippe appelle Radio Inter au téléphone. Qu'arrive-t-il?
9. Qui est l'idiot à côté de Philippe au téléphone?
10. La ligne de Sylvie était-elle occupée?

# 4 Le suspect numéro un

*Philippe Chapel vient de téléphoner à Sylvie. Quel coup de téléphone. . . avec les interruptions ironiques de ce journaliste. A son tour, Sylvie va téléphoner à Radio Inter et Philippe, lui, va suivre le suspect et les policiers. Il vient de sortir du bureau de la presse. . .*

**Philippe:** Et le suspect? et les flics? Ah, bon sang, où sont-ils? Ça y est, c'est foutu, je vais rater mon scoop. . . Tiens. Une sirène de police. . . Oui, c'est bien ça. Euh. . . c'est celle-là, ou c'est une autre? Qui sait? Je vais la suivre. Bon; ma voiture. . . Et cette voiture de police? Je ne la vois plus. Elle est certainement en route pour la Préfecture; alors. . . moi aussi.

**Policier 1:** Je vais envoyer un message radio à la Préfecture.

**Policier 2:** Bonne idée, vas-y.

**Policier 1:** Allô! Allô, ici la voiture 24, ici la voiture 24. A vous, parlez.

**Voix:** Allô voiture 24. Ici la Préfecture. A vous, parlez.

**Policier 1:** Nous avons un message pour l'Inspecteur Dumas. A vous.

**Voix:** D'accord. L'Inspecteur Dumas n'est pas là. Nous allons prendre votre message. A vous.

**Policier 1:** Merci. Nous venons de quitter l'aéroport du Bourget. Nous arrivons à la Préfecture. Nous venons d'arrêter un homme. Le suspect est avec nous dans la voiture. Nous venons de l'arrêter près de l'avion Delta SS 2,4. A vous.

**Voix:** Entendu; nous allons transmettre votre message. A quelle distance êtes-vous du Bourget? A vous.

**Policier 1:** A quelle distance sommes-nous du Bourget?

**Policier 2:** Eh bien, attends. . . à deux kilomètres.

**Policier 1:** Allô? Nous sommes à deux kilomètres du Bourget. Terminé.

**Policier 2:** Dis donc, il ne parle* pas beaucoup, notre client. . .

**Policier 1:** Non, mais avec l'inspecteur Dumas il va parler, tu vas voir.

**Philippe:** Cette fois ça y est, j'en suis certain; je les vois dans leur voiture: deux flics et un homme en civil. Oui, c'est bien lui, c'est le suspect. Je vais ralentir. . . . et je vais les suivre. Pas trop près, pas trop loin. Et maintenant je vais allumer la radio.

**Speaker:** Vous écoutez Radio Inter. Vous venez d'entendre un intermède musical. Et maintenant nous allons retourner au Bourget avec Philippe Chapel. . . .

**Philippe:** Ha!

**Speaker:** Allô, Le Bourget. . . *(Silence)* Allô, Philippe Chapel; est-ce que vous m'entendez?

**Philippe:** Oui, mon vieux, je vous entends, mais. . .

**Speaker:** Eh bien nous avons toujours des difficultés techniques; je m'en excuse. Nous allons donc continuer en musique.

**Philippe:** Mais enfin pourquoi est-ce que Sylvie ne téléphone pas à Radio Inter? Je vais être ridicule; et mon patron va être furieux. Je le comprends

**Policier 1:** Accélère.

**Policier 2:** Pourquoi? Qu'est-ce qu'il y a?

**Policier 1:** Accélère, je te dis, et nous allons bien voir.

**Policier 2:** Voilà, j'y vais. . . . J'accélère.

**Policier 1:** Oui, maintenant j'en suis sûr; c'est certain; il vient d'accélérer lui aussi. Il y a une voiture derrière nous. Tu la vois?

**Policier 2:** La petite voiture rouge?

**Policier 1:** Elle nous suit, c'est certain.

**Policier 2:** Attends, je vais ralentir. . .

**Policier 1:** Elle vient de ralentir, elle aussi.

**Policier 2:** Maintenant, je vais accélérer; nous allons bien voir.

**Policier 1:** Oui, tu as raison; il vient d'accélérer; il nous suit, il est toujours derrière à la même distance. Qu'est-ce que c'est que cette voiture? *(Au suspect)* Hé vous! Regardez cette voiture derrière nous.

**Agent 2:** Et alors?

**Policier 1:** Vous la connaissez?

**Agent 2:** Non, je ne* la connais pas.

**Policier 1:** Et le conducteur de la voiture, vous le voyez?

**Agent 2:** Oui, je le vois, mais. . . je ne* le connais pas.

**Policier 1:** Bon. Regardez devant vous.

**Policier 2:** Tu le crois, le bonhomme?

**Policier 1:** Bah. . .

**Policier 2:** S'il le connaît, il ne va pas le dire. En tout cas, cette voiture nous suit.

**Policier 1:** Vas-y, accélère. . . Je vais mettre la sirène.

**Philippe:** Mais qu'est-ce qu'ils font, ces flics? Ils roulent comme des fous. Pour les suivre, ça ne va pas être facile... Je les suis et ils le savent, c'est certain.

**Policier 2:** Il nous suit toujours?

**Policier 1:** Oui, il vient de dépasser une voiture et il est derrière nous. Je vais appeler l'Inspecteur Dumas par radio. Allô, allô, ici la voiture 24 sur la route du Bourget à Paris. Message urgent. A vous.

**Voix:** Ici la Préfecture. Voiture 24, parlez.

**Policier 1:** Nous avons un message urgent pour l'Inspecteur Dumas. A vous.

**Voix:** Entendu... Un instant... Ne quittez pas, nous allons prendre le message. Non, attendez une seconde; l'Inspecteur Dumas vient de rentrer. Attendez, je vais l'appeler...

**Policier 1:** Elle est toujours là, la voiture rouge?

**Policier 2:** Oui, toujours.

**Voix:** Allô, voiture 24. A vous.

**Dumas:** Allô, ici l'Inspecteur Dumas. Je vous écoute. Parlez. A vous.

**Policier 1:** Ici le Sergent Villar, voiture 24. Nous venons d'arrêter un suspect près de l'avion Delta SS 2,4 au Bourget. Il est en possession d'instruments euh ... scientifiques. Mais nous avons derrière nous une voiture; elle nous suit. Nous attendons vos instructions. A vous.

**Dumas:** Vous dites bien le Delta SS 2,4? A vous.

**Policier 1:** C'est exact. Nous venons d'arrêter le suspect après une forte résistance. A vous.

**Dumas:** Et une voiture vous suit, vous êtes certain? A vous.

**Policier 1:** Oui, nous sommes certains. A vous.

**Dumas:** D'accord; je vous attends. Vous allez rester sur la grand'route. A l'entrée de Paris, vous allez prendre les grands boulevards; vous allez éviter les petites rues. Je vais vous signaler dans le secteur. Terminé.

*Nous sommes maintenant à Radio Inter, mais pas dans les studios; nous sommes dans le bureau du patron de Philippe Chapel. La secrétaire du patron est à sa machine à écrire; elle tape une lettre. Le téléphone sonne... Le patron répond.*

**Patron:** Allô... Comment?.... Toujours pas de liaison avec Le Bourget? Et Chapel où est-il, le savez-vous? ... Il n'est* pas là? Eh bien il va voir quelque chose, celui-là. Enfin c'est incroyable.... Comment? ... Sylvie? Et qui est Sylvie, s'il vous plaît? ... Sa petite amie. Ah-ha! Parce que Monsieur Chapel a une petite amie et Monsieur Chapel passe son temps avec sa petite amie et pas au micro de Radio Inter... Elle est sur l'autre ligne? Eh bien, vous allez la brancher sur cette ligne-ci... Allô, allô... Alors vous êtes la petite amie de Chapel? Eh bien je vous félicite, Mademoiselle; vous êtes la petite amie d'un imbécile.... Il vient de téléphoner? A vous peut-être, pas à Radio Inter en tout cas... Une affaire importante. Ah, Monsieur Chapel suit une affaire importante. Je l'espère pour lui. Au revoir, Mademoiselle.

**Philippe:** Ah, bon sang de malheur! Je ne vois pas la voiture de police... Mais enfin où est-elle? Ce n'est* pas possible ça. Pour aller à la Préfecture, c'est par ici, à gauche; et par là, à droite; alors? Oui, mais peut-être, elle ne va pas à la Préfecture. Eh bien, moi je vais prendre le risque, je vais à la Préfecture et même je vais arriver avant les flics.

# QUESTIONNAIRE

1. Philippe arrive-t-il à rattraper la voiture de la police?
2. Où va Philippe quand il perd la voiture de la police?
3. Pourquoi le patron de Philippe va-t-il être furieux?
4. Que font les policiers pour être sûrs qu'ils sont suivis par une autre voiture?
5. Quelle est la couleur de la voiture de Philippe?
6. Pourquoi Radio Inter continue-t-elle à avoir des ennuis techniques?
7. Le suspect dans la voiture de police parle-t-il volontiers?
8. Quel inspecteur les policiers appellent-ils à la radio?
9. Dans les bureaux de Radio Inter, est-ce la secrétaire qui répond au téléphone?
10. D'après le patron de Philippe, Sylvie est la petite amie d'un quoi?

# 5 Interrogatoire

*Philippe Chapel arrive à la Préfecture de Police. Il hésite un instant puis il laisse sa voiture devant la Préfecture et il entre. A ce moment-là...*

**Philippe:** Ah, voilà la voiture... Oui, c'est bien ça; fantastique! Je vais monter au bureau du Commissaire. Il va sûrement interroger le suspect dans son bureau.

*Philippe montre sa carte de presse et il entre dans les bureaux de la Préfecture. La voiture 24, elle arrive dans la cour de la Préfecture.*
*Les deux policiers de la voiture 24 viennent de sortir de la voiture avec le suspect.*

**Policier 1:** Allons, vous, venez avec nous. Par ici... *(A son camarade)* Nous allons voir l'Inspecteur Dumas.

*Ils montent les escaliers pour aller dans le bureau de l'Inspecteur Dumas. Malheureusement, malheureusement pour lui, Philippe Chapel les attend devant le bureau du Commissaire, du Commissaire Lamarche. Les deux policiers vont entrer dans le bureau de l'Inspecteur Dumas avec le suspect... Ils ouvrent la porte.... puis ils la ferment.*

**Policier 1:** C'est nous, Monsieur l'Inspecteur.
**Dumas:** Et alors, c'est lui le suspect du Bourget?
**Policier 1:** Oui, c'est lui. Nous venons de l'arrêter près du Delta SS 2,4. C'est sûrement une affaire d'espionnage.
**Dumas:** Nous allons voir ça. Je vais l'interroger. Au revoir, Messieurs.
**Policier 1:** Un instant, Monsieur l'Inspecteur, s'il vous plaît...
**Dumas:** Oui, qu'est-ce que c'est?
**Policier 1:** Ces deux... ces deux instruments... il vient de les voler au Bourget.
**Dumas:** Bon, c'est bien, merci.
**Policier 1:** Bien, Monsieur l'Inspecteur.

*L'Inspecteur Dumas et le suspect restent seuls dans le bureau.*

**Dumas:** Asseyez-vous.
**Suspect:** Non.

| | |
|---|---|
| **Dumas:** | Asseyez-vous. |
| **Suspect:** | Je préfère être debout. |
| **Dumas:** | Ah! Vous préférez? |
| **Suspect:** | Oui, je préfère. |
| **Dumas:** | Asseyez-vous, sacrebleu! |
| **Suspect:** | Pourquoi criez-vous? Je ne suis pas sourd. |
| **Dumas:** | Assez! Asseyez-vous, c'est un ordre. |
| **Suspect:** | Bien. . . *(Il s'assied)* Une cigarette, Monsieur l'Inspecteur? |
| **Dumas:** | Non. Enfin bon sang, moi je pose les questions, pas vous. Compris? |
| **Suspect:** | Oui, Monsieur l'Inspecteur. |
| **Dumas:** | Nom d'un chien. . . ! |
| **Suspect:** | Avec votre permission, Monsieur l'Inspecteur. . . |
| **Dumas:** | Quoi? Qu'est-ce qu'il y a encore? |
| **Suspect:** | Je vais fumer une cigarette et. . . |
| **Dumas** | Non. |
| **Suspect:** | Est-ce que vous avez du feu, s'il vous plaît? |
| **Dumas:** | Non. |
| **Suspect:** | Un briquet ou seulement des allumettes. . . |
| **Dumas:** | Non! |
| **Suspect:** | Alors tant pis, je ne vais pas fumer. |
| **Dumas:** | Un instant, mon ami. Avant tout, vous allez rester tranquille. Et vous allez répondre à mes questions. |
| **Suspect:** | Oui, Monsieur l'Inspecteur. Avec plaisir, Monsieur l'Inspecteur. |
| **Dumas:** | *(excédé)* Silence! |
| **Suspect:** | Oui, Monsieur l'Inspecteur. |
| **Dumas:** | Nom d'une pipe. . . ! |
| **Suspect:** | Oui, Monsieur l'Inspecteur. . ? |
| **Dumas:** | Vous, écoutez bien. Je vous interroge, vous répondez. Je ne vous interroge pas, vous ne répondez pas. C'est simple, non? c'est compris? |
| **Suspect:** | Oui, Monsieur l'Inspecteur. |
| **Dumas:** | Silence! |
| **Suspect:** | Mais vous venez de m'interroger. . . |
| **Dumas:** | Ah-ha! C'est comme ça? Eh bien vous allez voir. Qui êtes-vous? |
| **Suspect:** | Je ne sais pas. |
| **Dumas:** | Vous ne savez pas. |
| **Suspect:** | Non, je ne sais pas. |

| | |
|---|---|
| **Dumas:** | *(il explose)* Il ne sait pas!  Votre nom, votre prénom? |
| **Suspect:** | Je ne sais pas. |
| **Dumas:** | Vous ne savez pas votre nom? |
| **Suspect:** | Non, je ne le sais pas. |
| **Dumas:** | Et votre prénom?  Votre petit nom, c'est quoi?  Bébert, Dédé, Kiki, c'est comment? |
| **Suspect:** | Je ne sais pas. |
| **Dumas:** | Eh bien, vous allez le savoir. Vos papiers. |
| **Suspect:** | Je ne les ai pas. |
| **Dumas:** | Votre carte d'identité. |
| **Suspect:** | Je ne l'ai pas. |
| **Dumas:** | Ha ha, étranger, hein?  Votre passeport alors. |
| **Suspect:** | Je ne l'ai pas. |
| **Dumas:** | Permis de conduire, carte de crédit, carnet de chèque. Allez, allez vite! |
| **Suspect:** | Je ne les ai pas sur moi. |
| **Dumas:** | Enfin, nom d'une pipe, est-ce que vous allez parler, oui ou non? |
| **Suspect:** | Mais. . . mais, Monsieur l'Inspecteur, je parle. . . je parle. Vous m'interrogez et je parle. |
| **Dumas:** | Enfin ce n'est* pas possible un bonhomme comme ça. Je vais appeler le Commissaire Lamarche. . . . Allô, Monsieur le Commissaire?  Ici Dumas. . . Ecoutez, Monsieur le Commissaire. . . . |

*Pendant ce temps, Philippe Chapel est assis sur un petit banc près du bureau du Commissaire Lamarche. Il attend toujours l'arrivée du suspect du Bourget, mais. . . A ce moment une porte s'ouvre. C'est le Commissaire Lamarche. Il sort de son bureau. Il parle à sa secrétaire.*

| | |
|---|---|
| **Lamarche:** | Oui, oui, je vais revenir dans cinq minutes. Je vais voir Dumas. Je vais interroger le suspect du Bourget et je reviens. |
| **Philippe:** | *(à lui-même)* Ça alors, le Commissaire va interroger le suspect. C'est donc une affaire importante. En ce cas, je vais attendre ici. . . ou bien près du bureau de Dumas. |
| **Lamarche:** | Alors, Dumas? |
| **Dumas:** | Ah, vous voilà, Monsieur le Commissaire. . . |
| **Lamarche:** | Alors c'est lui le coco? |
| **Dumas:** | C'est lui. Et ici vous voyez les deux instruments. |
| **Lamarche:** | Les instruments? |

| | |
|---|---|
| **Dumas:** | Il vient de les voler au Bourget. |
| **Lamarche:** | Mais. . . mais ça, mon cher Dumas, c'est très important, c'est capital. Un gyroscope, un laser. . . Attendez, je vais mettre mes lunettes. *(Il examine les instruments)* "Aéro-France, Toulouse. Delta SS 2,4." Mon cher Dumas, cet homme est un espion. |
| **Dumas:** | Oui mais. . . |
| **Lamarche:** | Qui êtes-vous? |
| **Suspect:** | Je ne sais pas. |
| **Dumas:** | Vous voyez, Monsieur le Commissaire? Je viens de l'interroger. A toutes mes questions il répond: "je ne sais pas." |
| **Lamarche:** | Je vois; nous perdons notre temps. Je vais téléphoner à Aéro-France. . . Mademoiselle, s'il vous plaît. Vous allez appeler Aéro-France à Toulouse. . . Oui, c'est extrêmement urgent. Vous me rappelez? . . Entendu, merci. |

*Nous sommes maintenant à Toulouse, à Aéro-France. C'est une grande société d'aéronautique. Cette société construit des hélicoptères et des avions; entre autres elle construit le fameux avion tactique Delta SS 2,4. Nous sommes dans le bureau du Président Directeur Général, Monsieur Muller-Faure. Avec lui, l'ingénieur Jean Guérin; il est l'inventeur et l'ingénieur responsable du Delta SS 2,4.*

| | |
|---|---|
| **Muller-Faure:** | Mon cher Guérin, je vous félicite. Ce vol de présentation du Delta est très important, vous le savez. Notre client pour le Delta arrive demain et je veux. . . Allô? Muller-Faure. . . Oui. . . Comment? Qu'est-ce que vous dites? . . . Un espion, vous êtes sûr? Mais qui est cet homme? . . . . Un gyroscope et un laser? Ecoutez, Monsieur le Commissaire. Nous allons négocier le Delta avec une puissance étrangère. Cette négociation est secrète. Je veux des renseignements sur cet espion: qui est-il? pour qui travaille-t-il? est-ce qu'il travaille pour un ennemi de notre client, ou bien. . . ou bien pour notre client lui-même? Et maintenant écoutez bien; pas de communiqué, pas de communiqué à la presse, c'est bien compris? |
| **Lamarche:** | Oui, Monsieur le Président, c'est bien compris. Je vais l'interroger encore une fois. . . Au revoir, Monsieur le Président. *(En aparté)* L'interroger? A quoi bon? |
| **Dumas:** | "Je ne sais pas." |

| | |
|---|---|
| **Lamarche:** | Nous allons d'abord le photographier et nous allons vérifie les photos aux services de sécurité. Allez, vous, Monsieur Incognito, debout! Venez avec moi, Dumas. . . . Et maintenant allez-y, Dumas. Vous allez le conduire au service photo et puis après vous allez le garder dans votre bureau. . . |
| **Philippe:** | *(à lui-même)* Oui, c'est bien lui, c'est le suspect du Bourget. Et l'inspecteur le conduit au service photo. . . Dans ce cas, je vais vite à Radio Inter et puis. . . |
| **Lamarche:** | *(interrompt ses pensées, d'une voix forte)* Hé vous, qui êtes-vous? |
| **Philippe:** | *(surpris)* Hein? Comment? |
| **Lamarche:** | Qui êtes-vous? Qu'est-ce que vous faites ici? |
| **Philippe:** | Je. . . je suis journaliste. . . je. . . |
| **Lamarche:** | Journaliste, hein? Dumas, vous allez vérifier son identité et sa carte de presse; et vous allez le garder dans un bureau. |
| **Philippe:** | Mais je suis journaliste, moi; je suis libre. |
| **Lamarche:** | Nous allons bien voir. Allez, Dumas, vous allez le garder, et bien! |

# QUESTIONNAIRE

1. Quel est le número de la voiture de police poursuivie par Philippe?
2. Quelle voiture arrive la première, celle de Philippe ou celle de la police?
3. Pourquoi Philippe monte-t-il au bureau du Commissaire Lamarche?
4. Le suspect vient de voler combien d'instruments?
5. Le suspect fait-il volontiers ce qu'on lui dit?
6. Pourquoi le suspect ne sait-il pas son nom?
7. Qui est-ce le coco?
8. Comment s'appellent les instruments volés au Bourget?
9. Qui est Monsieur Muller-Faure?
10. Comment s'appelle l'ingénieur qui a inventé le Delta SS 2,4?

# 6 La pendule tourne

*Nous sommes dans la rue, à Paris. Nous avons remonté les Champs Elysées, nous avons tourné autour de l'Arc de Triomphe et nous avons pris l'Avenue Hoche. Et là, sur le trottoir de l'Avenue Hoche, nous voyons Sylvie. Elle est pressée. Elle a traversé l'avenue, très vite, et maintenant elle est sur le trottoir de droite. Elle a regardé sa montre... Sept heures déjà. Elle est en retard. Elle a donné rendez-vous à Philippe à sept heures juste. Vite, au petit bar... Elle entre....*

| | |
|---|---|
| **Sylvie:** | Bonjour... |
| **Barman:** | Bonjour, Mademoiselle. |
| **Sylvie:** | Qu'est-ce que je vais prendre? Une orange pressée, s'il vous plaît. |
| **Barman:** | Tout de suite.... Vous attendez Monsieur Chapel? |
| **Sylvie:** | Oui. Il est en retard. Il a téléphoné? |
| **Barman:** | Non, Mademoiselle, il n'a pas téléphoné. Et voilà votre orange pressée. |
| **Sylvie:** | Merci. Mon orange est peut-être pressée, mais Philippe, lui, il n'est pas pressé. |
| **Barman:** | *(il rit)* |

*Nous sommes dans le bureau de l'Inspecteur Dumas....*

| | |
|---|---|
| **Philippe:** | Ecoutez, Monsieur l'Inspecteur, il est sept heures dix... |
| **Dumas:** | Sept heures douze exactement. |
| **Philippe:** | J'ai un rendez-vous important à sept heures. |
| **Dumas:** | Tant pis pour vous. J'ai parlé au Commissaire. Il a donné ses ordres; vous restez ici. |
| **Philippe:** | Mais enfin c'est incroyable! J'ai montré mes papiers d'identité, j'ai montré ma carte de presse, et vous me gardez. Pourquoi? |
| **Dumas:** | Pourquoi? Parce que... Et puis, vous avez assez discuté. Le Commissaire a donné ses ordres, voilà tout. |
| **Philippe:** | Eh bien, je n'aime pas ça. Vous êtes de la police, mais moi je suis journaliste et vous allez voir quelque chose. |
| **Dumas:** | Et vous, vous allez voir les murs de ce bureau. |
| **Philippe:** | *(bluffant)* Et vous allez entendre quelque chose. |
| **Dumas:** | Ah, vraiment? A Radio Inter peut-être? |
| **Philippe:** | Bien parlé, Monsieur l'Inspecteur. "A Radio Inter peut-être..." Allumez votre radio, voulez-vous? et nous allons bien voir... |

*Le petit bar. . . Sylvie est au bar. Elle attend toujours Philippe.*
*Elle vient de vider son verre.*

**Barman:** Une autre orange pressée, Mademoiselle?

**Sylvie:** Oh, je ne sais pas. . . Quelle heure est-il? Huit heures déjà à ma montre. Est-ce possible? Ma montre avance sûrement.

**Barman:** Je ne crois pas. Attendez, nous allons bien voir. Nous sommes sur Radio Inter. . . . et à huit heures il y a les nouvelles.

**Speaker:** Il est huit heures à Radio Inter. Bonsoir Mesdames, bonsoir Mesdemoiselles, bonsoir Messieurs. Voici maintenant nos informations et pour commencer voici les grands titres de l'actualité d'aujourd'hui. Moyen-Orient. Le Moyen-Orient occupe toujours la première place. Tension politique, terrorisme, manœuvres militaires, achats d'armes de guerre, voilà la situation dans cette partie du monde. Et nous allons maintenant passer en France pour un autre grand titre de l'actualité; nous parlons bien sûr du Salon du Bourget. Aujourd'hui nous avons assisté à la présentation de Concorde, le fameux avion supersonique franco-britannique. . . . Donc, présentation officielle de cet appareil devant le Premier Ministre et les observateurs français et étrangers. . . . Et voici un flash de dernière minute. Notre reporter Philippe Chapel a assisté à l'arrestation d'un visiteur, un visiteur du Salon du Bourget, un visiteur suspect; la police a arrêté cet homme près du fameux avion tactique Delta SS 2,4. Affaire d'espionnage? Espionnage industriel? Espionnage militaire et international? Nous ne le savons pas encore. Affaire importante certainement. Notre reporter suit cette affaire en ce moment.

*Le Commissaire ouvre la porte violemment.*

**Lamarche:** Dumas!

**Dumas:** Oui, Monsieur le Commissaire?

**Lamarche:** Qu'est-ce que c'est que cette histoire?

**Dumas:** Quoi? Ces nouvelles sur Radio Inter?

**Lamarche:** Quoi d'autre? Est-ce qu'il a téléphoné à Radio Inter?

**Dumas:** Qui a téléphoné?

**Lamarche:** Est-ce que Chapel a téléphoné à Radio Inter?

**Dumas:** Non, non je ne crois pas. Pas de mon bureau en tout cas, pas d'ici.

**Lamarche:** Vous n'avez pas téléphoné à Radio Inter tout de même. Donc c'est lui. Chapel, vous avez téléphoné à Radio Inter?

**Philippe:** Non. J'ai essayé naturellement. Après tout, je suis journaliste, je

|  |  |
|---|---|
| | suis reporter, c'est mon métier et c'est mon droit. Et vous n'avez pas le droit de m'arrêter. |
| Lamarche: | Nous allons bien voir. |
| Philippe: | J'ai montré mes papiers, ma carte de journaliste, tout. |
| Lamarche: | Qu'est-ce que vous savez de cette histoire du Bourget? |
| Philippe: | J'ai assisté à l'arrestation, voilà tout. Et ça aussi c'est mon droit, non? |
| Dumas: | Allô, ici l'Inspecteur Dumas. . . Comment? Qui? . . . Aéro-France à Toulouse. . . . Un instant, s'il vous plaît. *(A Lamarche)* Monsieur le Commissaire, c'est pour vous. C'est Aéro-France à Toulouse. |
| Lamarche: | Oui, oui, je sais. |
| Dumas: | Oui, mais attention, c'est le Président d'Aéro-France, Monsieur Muller-Faure. |
| Lamarche: | *(appréhensif)* Sacrebleu. . . |
| Philippe: | *(à lui-même)* Muller-Faure? Aéro-France? Ça alors. . . j'ai deviné juste; cette affaire est importante. |
| Dumas: | *(au téléphone)* Un instant, Monsieur le Président; voici le Commissaire Lamarche. |
| Lamarche: | Allô? . . Oui, Monsieur le Président. . . Oui, je sais, le communiqué sur Radio Inter. . . Non, ce n'est pas moi. Je n'ai pas donné ce communiqué à la presse. Je vous assure, ici à la Préfecture, nous n'avons pas donné ce communiqué. . . Oui, oui, j'ai interrogé le suspect. Et nous avons aussi interrogé un reporter de Radio Inter. . . Comment? , . . L'identité du suspect? Je vais encore essayer, nous allons encore l'interroger, mais. . . Ecoutez, Monsieur le Président; nous avons photographié le suspect et nous attendons la vérification des photos. . . Oui, je comprends, je comprends très bien; pas de communiqué à la presse, mais le reporter a assisté à l'arrestation, il a parlé et voilà. . . Oui, au revoir, Monsieur le Président. |
| Lamarche: | Eh bien, mon petit Chapel. . . |
| Philippe: | Je ne suis pas "votre petit Chapel." |
| Lamarche: | C'est du beau travail. |
| Philippe: | Merci. |
| Lamarche: | Vous avez bien travaillé. |
| Philippe: | Merci encore. |
| Dumas: | Assez parlé, Chapel. |
| Philippe: | J'ai parlé au Commissaire, pas à vous. |
| Lamarche: | Assez! Ecoutez bien, Chapel. . . C'est fini, terminé. . . hein? Pas d'autre communiqué à Radio Inter. C'est un ordre. |

| | |
|---|---|
| **Philippe:** | Un ordre? Vous n'avez pas le droit. |
| **Lamarche:** | Allez au diable! |
| **Philippe:** | Merci, je pars. J'ai donné rendez-vous à une femme charmante. Elle m'attend. |
| **Lamarche:** | Au diable! |
| **Philippe:** | J'ai donné rendez-vous à sept heures et il est déjà huit heures vingt. Au revoir, Monsieur le Commissaire. |
| **Lamarche:** | Bon, partez, allez au diable; mais restez à Paris, vous entendez? Vous allez rester à Paris. Et ça c'est un ordre, un ordre! |
| | |
| **Sylvie:** | *(exaspérée)* Huit heures et demie. . . Rendez-vous à sept heures. Huit heures et demie et il n'est pas là. . . |
| **Barman:** | Une petite orange pressée, Mademoiselle? |
| **Sylvie:** | Non merci, c'est terminé, je pars. |
| **Barman:** | Pas de message pour Monsieur Chapel? |
| **Sylvie:** | Monsieur Chapel. . . Au diable, Monsieur Chapel, au diable! |

# QUESTIONNAIRE

1. Pourquoi garde-t-on Philippe Chapel à la Préfecture?
2. Philippe réserve-t-il une surprise pour les auditeurs et surtout pour la police sur les ondes de Radio Inter?
3. Concorde, est-ce un avion franco-britannique?
4. Est-ce que Philippe Chapel a téléphoné de chez l'Inspecteur Dumas?
5. Qui téléphone au Commissaire Lamarche de Toulouse?
6. Pourquoi téléphone-t-on au Commissaire Lamarche de Toulouse?
7. La police a-t-elle le droit de retenir Philippe Chapel à la Préfecture?
8. Quelles personnes envoient Philippe au diable?
9. A quelle heure Philippe quitte-t-il la Préfecture?
10. A quelle heure Sylvie s'en va-t-elle du bar?

# 7 Bêtises

*Philippe Chapel a enfin quitté le bureau de l'Inspecteur Dumas. Il est sorti de la Préfecture. Il est sorti très vite, à huit heures et demie, et il est venu tout de suite au petit bar. . . Le petit bar de l'Avenue Hoche. . .*

Philippe: Bonsoir.

Barman: Bonsoir, Monsieur Chapel. . . Alors, vous voilà, enfin?

Philippe: "Enfin," c'est le mot. Je suis terriblement en retard. Et Sylvie. . .

Barman: Elle est venue et. . .

Philippe: Ah bon, elle est venue? A sept heures?

Barman: Oui, elle est arrivée à sept heures juste et a attendu; elle a attendu jusqu'à huit heures et demie.

Philippe: Oui et alors?

Barman: Eh bien, elle est partie.

Philippe: Vous savez où elle est allée?

Barman: Ah ça? Mystère. . . .

Philippe: Mm. . . Je vais l'appeler au téléphone. Non, d'abord donnez-moi un whisky, et un grand.

Barman: Tout de suite. Si vous désirez téléphoner. . .

Philippe: Merci.

Barman: Votre whisky. . .

Philippe: Merci. *(Il boit)*

Barman: Ça sonne?

Philippe: Oui ça sonne, mais. . . elle n'est pas encore rentrée, je crois. . . . A quelle heure est-elle partie?

Barman: D'ici? Elle est partie à huit heures et demie. Ça sonne toujours?

Philippe: Oui. Elle n'est pas rentrée chez elle, c'est évident. Je vais essayer tout à l'heure. *(Il boit)* Elle est certainement furieuse. Avant de partir, qu'est-ce qu'elle a dit?

Barman: Eh bien, euh. . . .

Philippe: Eh bien, quoi? Parlez.

Barman: Eh bien, elle a dit: "Au diable, Monsieur Chapel."

Philippe: Eh bien!

Barman: Et elle est partie.

Philippe: *(Il rit jaune)* Charmant! *(Il boit; il rit encore)* Au diable; au diable!

Barman: *(Il rit aussi)* "Monsieur Chapel. . ."

| | |
|---|---|
| **Philippe:** | Et le Commissaire Lamarche, lui, il m'appelle "mon petit Chapel." *(Il vide son verre)* Un autre, s'il vous plaît. Bon. Je vais l'appeler encore une fois. Elle n'est pas rentrée... Ou alors, elle est rentrée et elle est ressortie. |
| **Barman:** | Votre whisky... |
| **Philippe:** | Merci. *(Il boit)* Ah, ça fait du bien... Enfin, où est Sylvie? Evidemment c'est ma faute. Nous avons rendez-vous ici à sept heures et j'arrive à neuf heures. |
| **Barman:** | Qu'est-ce qui s'est passé? |
| **Philippe:** | Ah ça, mon cher, j'ai un scoop formidable pour Radio Inter. C'est une histoire sensationnelle. Et là, maintenant, j'arrive de la Préfecture. |
| **Barman:** | La Préfecture de Police? |
| **Philippe:** | J'ai passé quatre heures avec les flics. Ce Commissaire Lamarche, quel salopard, ce type...! *(Il boit)* Ah, Sylvie, Sylvie... Bon, je vais l'appeler encore une fois. Elle est sûrement rentrée; elle ou sa copine Babette. Sa copine, ha! Elle vit avec une copine. Ha! J'ai toutes les chances... *(Il boit)* Allons, courage, Monsieur Chapel. *(Il boit encore)* A l'attaque, au combat, à la guerre comme à la guerre, et à l'amour comme à la guerre. |
| **Babette:** | Allô... |
| **Philippe:** | Enfin! |
| **Babette:** | Allô? |
| **Philippe:** | Allô. Ben alors, ce n'est* pas toi? |
| **Babette:** | Oui, c'est moi. |
| **Philippe:** | Mais non ce n'est* pas toi. |
| **Babette:** | Ah non, tu as raison, Coco, c'est moi. Babette. Qu'est-ce que tu veux? .... Ah tu veux Sylvie, je suppose? |
| **Sylvie:** | C'est lui? |
| **Babette:** | C'est ton Roméo. Il te demande. |
| **Philippe:** | Allô. Alors? |
| **Sylvie:** | Non, je ne veux pas. |
| **Babette:** | *(au téléphone)* Une seconde... |
| **Sylvie:** | Non, je ne suis pas là; je suis sortie. |
| **Philippe:** | Allô! Enfin quoi? |
| **Babette:** | Tu as un message pour Sylvie? |
| **Philippe:** | Un message? Pourquoi un message? |
| **Babette:** | Pourquoi? Eh bien parce qu'elle n'est* pas là; elle est sortie. |
| **Philippe:** | *(incrédule)* Elle est sortie, tu dis? Où? |
| **Babette:** | Euh... je ne sais pas. Au restaurant, je crois. Euh... oui, oui, |

|  |  |
|---|---|
|  | c'est ça, elle est sortie avec Roger. . . . tu sais? Roger, le type avec la Ferrari, la Ferrari rouge. |
| **Philippe:** | Eh bien mon message c'est "bon appétit." Moi je suis au petit bar et je bois. Et flute! Un whisky, un grand. Elle est bien bonne, celle-là! |
| **Barman:** | Et un grand whisky. . . |
| **Philippe:** | *(furieux)* . . . Ferrari, et rouge avec ça. Une Ferrari rouge. Quel cinéma! Alors, mon whisky? |
| **Barman:** | Voilà, Monsieur Chapel, voilà. |
| **Philippe:** | Ne m'appelez pas Monsieur Chapel. *(Il boit)* Moi, ce soir, je vais boire. |
| **Barman:** | C'est déjà commencé, non? Tiens, voilà Cécile. . |
| **Cécile:** | Bonsoir. |
| **Philippe:** | Cécile? Qui est-ce Cécile? |
| **Barman:** | *(Il rit)* |
| **Philippe:** | Pourquoi vous riez? |
| **Cécile:** | Coucou. . . |
| **Philippe:** | Ah, voilà la femme de ma vie. |
| **Cécile:** | Eh bien toi, mon pauvre vieux. . . |
| **Philippe:** | Qu'est-ce que tu bois? Allez, un whisky pour mon amie. Assieds-toi. Assieds-toi ici à côté de moi. |
| **Cécile:** | Je veux bien. Et alors? Tu attends Sylvie? |
| **Philippe:** | Moi, attendre Sylvie? Ah, non alors! Mademoiselle est sortie, elle est sortie en Ferrari, en Ferrari Rrrrouge, avec Rrrrroger. Rrrroger. Rrrridicule. . . . Chin-chin, à ta santé, ma jolie. Je bois à ta santé. Et tu vas boire à ma santé. |
| **Cécile:** | Chin-chin. *(Elle rit. Il rit avec elle)* |
| **Philippe:** | Alors, tu sais la grande nouvelle? |
| **Cécile:** | Non. Quoi? Tu es Président de la République? |
| **Philippe:** | *(grandiloquent)* "Français. . . . Françaises. . . . Vive la République, la Cinquième." Non, non, mon amour, je suis un héros, un héros, tu entends? Une affaire d'espionnage. Extraordinaire. Le Delta SS 2,4. . . Un espion, la police. La Préfecture. Le Commissaire Lamarche. Et un complice. . . Je sais tout, tout. |
| **Cécile:** | Tu dis des bêtises. |
| **Philippe:** | Chin-chin. *(Il boit)* Je suis allé au Bourget, tu comprends? Je connais le suspect, je connais le complice du suspect. Le Delta, c'est un avion secret. Deux espions. . . |
| **Cécile:** | Une affaire d'espionnage, tu dis? Eh bien alors toi! Oh, et puis tu dis des bêtises. |

| | |
|---|---|
| **Philippe:** | Je t'aime. |
| **Cécile:** | Tu vois? Tu dis des bêtises. |
| **Philippe:** | Bon sang! Radio Inter. . . Je ne suis pas allé à Radio Inter et je n'ai pas téléphoné. Cécile, le téléphone, s'il te plaît. . . |
| **Cécile:** | Tu es fou, non? "Philippe Chapel, hic! Chapel, hic! au hic! micro. . ." |
| **Philippe:** | Ici Radio Hic. Glou-glou-glou-glou-. Hic! |
| **Cécile:** | Pourquoi tu ne rentres pas chez toi? Nous allons appeler un taxi et tu vas rentrer chez toi. |
| **Philippe:** | Un taxi? Pour quoi faire? J'ai ma voiture. Ce n'est* pas une Ferrari, mais. . . |
| **Cécile:** | Eh bien, mon joli, tu es bon pour l'alcotest, deux mois de prison, et ton permis de conduire. . . bye bye. |
| **Barman:** | Mademoiselle Cécile a raison. Les flics sont durs maintenant pour l'alcotest. J'appelle un taxi? |
| **Cécile:** | Non ça va. Je vais l'emmener chez moi. Je ne connais pas son adresse alors je préfère. . . Il va passer la nuit chez moi. Allez, viens, mon joli. |
| **Philippe:** | Cécile, Cécile. . . . je t'aime, je t'aime, je t'aime. . . |

*Cécile emmène Philippe chez elle; et nous, nous allons chez Sylvie et Babette.*

| | |
|---|---|
| **Sylvie:** | Mais enfin pourquoi est-ce qu'il n'a pas téléphoné? Je veux dire: téléphoné une deuxième fois. |
| **Babette:** | Oh, tu sais. . . Il est parti à la radio ou bien. . . |
| **Sylvie:** | Non, c'est ma faute, je le sais. Ecoute, je sors, je vais au petit bar, je vais le retrouver au petit bar. |
| **Babette:** | C'est idiot. |
| **Sylvie:** | Mais je l'aime. J'ai été méchante avec lui et je l'aime, tu comprends. |

*Sylvie est vite sortie de chez elle. Elle est arrivée au petit bar. Elle interroge le barman. Le barman est embêté.*

| | |
|---|---|
| **Sylvie:** | Mais enfin, il est venu ici, oui ou non? |
| **Barman:** | Oui, il est venue et puis. . . |
| **Sylvie:** | Il est parti? |
| **Barman:** | Bah. . . oui. Il est venu, il n'est pas ici, donc il est parti. |
| **Sylvie:** | Et il est allé où? |
| **Barman:** | Eh bien, vous savez, il a pris cinq ou six whiskys alors euh. . . pour conduire. . . alors Cécile a emmené Monsieur Chapel chez elle. |

# QUESTIONNAIRE

1. A quelle heure Philippe arrive-t-il au bar?
2. Qui répond au troisième coup de téléphone de Philippe?
3. Sylvie est-elle vraiment sortie avec Roger?
4. Qu'est-ce qu'il a comme auto le fameux Roger?
5. Philippe n'est-il pas en train de trop boire?
6. Qu'est-ce que l'alcotest?
7. Philippe rentre-t-il chez lui en taxi?
8. Sylvie aime-t-elle toujours Philippe?
9. Pourquoi le barman est-il embêté quand Sylvie arrive?
10. Où est-ce que Philippe est allé passer la nuit?

# 8 Une pénible journée

*Pénible journée pour le Commissaire Lamarche et l'Inspecteur Dumas. . .*

**Lamarche:** Enfin, qui est cet homme? Nous l'avons arrêté au Bourget et qu'est-ce que nous savons sur lui? Rien.

**Dumas:** Je l'ai interrogé. Vous aussi vous l'avez interrogé et. . .

**Lamarche:** Je vous en prie, Dumas, je sais! Mais enfin qui est cet homme, pour qui travaille-t-il? Et sa nationalité. . . . Ça aussi c'est important, sa nationalité.

**Dumas:** Pour moi il est français.

**Lamarche:** Peut-être, mais qui sait?

**Dumas:** Il n'a pas d'accent, enfin pas d'accent étranger.

**Lamarche:** Non, il n'a pas d'accent étranger, enfin pas pour moi. . . J'ai une idée; nous allons appeler un expert, un expert orthophoniste.

**Dumas:** Un orthophoniste. . ?

**Lamarche:** Oui, Dumas, un ortho-phoniste, pour faire des tests de prononciation.

**Dumas:** Ah-ha. . . Bonne idée, Monsieur le Commissaire, bonne idée. . .

*Pendant ce temps, chez Cécile, Philippe ouvre l'œil. Oh. . . c'est pénible. Le whisky d'hier soir. Il est couché sur le divan dans le salon. Sa tête fait. . . . Philippe gémit. . . . et il bâille . . . . et il tousse; il tousse comme un cheval. Oh, tout ce whisky et toutes ces cigarettes hier soir. . .*

**Philippe:** Oh, ma tête, ma tête! Qu'est-ce que j'ai fait encore? Mais où suis-je? . . . Comment. . . . est-ce que . . . . Comment est-ce que je suis venu ici? Oh, ma tête. . . . Mais. . . mais c'est l'appartement de Cécile. Tiens, elle a laissé un mot pour moi. *(Il lit)* "Je suis sortie, je suis partie au bureau. J'ai préparé ton petit déjeuner. J'ai fait du café; il y a du lait dans le frigo, et du beurre. Le pain est sur la table; il y a aussi du miel et de la confiture. Bon appétit. Comment vas-tu ce matin? Je t'embrasse. Cécile." Comment je vais? Eh bien ça ne va pas du tout, mais pas du tout. . . Dix heures et demie? Ce n'est* pas possible. Debout, Chapel! Oh, Oh ma tête. . . Allez! Allez! A Radio Inter, et en vitesse. Oui, mais je ne suis pas rasé. Pas le temps de passer chez moi. Bon, je vais chez le coiffeur.

| | |
|---|---|
| Le garçon coiffeur: | Bonjour, Monsieur. |
| Philippe: | Bonjour. |
| Garçon: | Entrez, Monsieur, entrez. Belle journée, n'est-ce pas? |
| Philippe: | Oui? Euh. . .oui. |
| Garçon: | Par ici, Monsieur, s'il vous plaît. . . Si vous voulez bien vous asseoir. . . Voilà. Alors, Monsieur, c'est pour une coupe? Avec un shampooing naturellement. |
| Philippe: | Non, je vous remercie, je. . . |
| Garçon: | La coupe de cheveux au rasoir est notre spécialité. |
| Philippe: | Non merci, je n'ai pas le temps. |
| Garçon: | Oh, Monsieur. . . Une petite coupe au rasoir c'est vite fait. |
| Philippe: | Eh bien d'accord, vous allez prendre votre rasoir. . . |
| Garçon: | Ah! |
| Philippe: | et vous allez me raser. . . . |
| Garçon: | Bien. |
| Philippe: | mais pas les cheveux, la barbe seulement. |
| Garçon: | Oh! |
| Philippe: | Et faites vite, s'il vous plaît; je suis pressé. |
| Garçon: | Bien; seulement la barbe de Monsieur. Chez vous vous avez un rasoir électrique, je suppose? |
| Philippe: | Oui. |
| Garçon: | Ah, moi je préfère le savon ou la crème à raser, le blaireau et un bon rasoir. Vous allez voir, je vais vous raser, votre menton va être comme le derrière d'un petit bébé. . . |

*Bien; voilà pour Philippe; nous l'avons laissé chez le coiffeur et maintenant nous sommes à la Préfecture; à la Préfecture dans le bureau du Commissaire Lamarche. Et là nous trouvons le Commissaire, bien sûr, et puis l'Inspecteur Dumas, le suspect du Bourget naturellement, et un orthophoniste, un expert en diction, en prononciation. Le Commissaire l'a appelé dans son bureau. Il va interroger le suspect.*

| | |
|---|---|
| Lamarche: | Eh bien voilà, Monsieur le Professeur. je vous ai appelé parce que vous êtes expert. |
| Orthophoniste: | C'est exact. |
| Lamarche: | Alors écoutez bien. Cet homme, nous l'avons arrêté au Bourget. Nous l'avons interrogé; nous ne connaissons |

|  |  |
|---|---|
|  | pas son identité; et sa nationalité nous ne la connaissons pas non plus. |
| Ortho: | Entendu; nous allons faire l'exercice des nasales |
| Lamarche: | Les nasales? |
| Ortho: | Oui, les sons en i-n, e-n, a-n, o-n, et cetera. Pour un étranger, c'est difficile. Ce système est excellent; je l'ai essayé et. . . |
| Lamarche: | Eh bien, allons-y. Vous êtes prêt, Monsieur Incognito? |
| Suspect: | A votre service, Monsieur le Commissaire. |
| Ortho: | Ah, vous êtes prêt? Répétez après moi |
| Suspect: | Je vous écoute. |
| Ortho: | Un. |
| Suspect: | Un. |
| Ortho: | Un vin. |
| Suspect: | Un vin. |
| Ortho: | Un vin fin. |
| Suspect: | Un vin fin. |
| Ortho: | Bon. |
| Suspect: | Bon. |
| Ortho: | Bonne. |
| Suspect: | Bonne. |
| Ortho: | Copain. |
| Suspect: | Copain. |
| Ortho: | Mon copain. |
| Suspect: | Mon copain. |
| Ortho: | Mon, ton, son. |
| Suspect: | Mon, ton, son. |
| Ortho: | Grand. |
| Suspect: | Grand. |
| Ortho: | Ton grand copain. |
| Suspect: | Ma grande copine Fernande. |
| Lamarche: | Hé, vous, assez! Alors, Monsieur le Professeur? |
| Ortho: | Eh bien. . . son accent est normal; son français est parfait; pour moi il est français; enfin. . . il parle français comme un Français, mais. . . |
| Lamarche: | Mais. . . quoi? |
| Ortho: | Eh bien nous allons faire un autre exercice; un exercice de calcul. Vous savez, pour compter, pour calculer, un étranger préfère sa propre langue; un Anglais préfère l'anglais; un Italien préfère l'italien, et cetera. Vous êtes prêt? |
| Suspect: | Oh vous savez, moi, le calcul, je ne l'ai jamais étudié. |
| Ortho: | Multiplication. Huit fois cinq. |

| | |
|---|---|
| **Suspect:** | Quarante. |
| **Ortho:** | Neuf fois sept. |
| **Suspect:** | Soixante-trois. |
| **Ortho:** | Neuf fois dix-sept. |
| **Suspect:** | Euh. . . attendez. Neuf fois dix plus neuf fois sept font. . . quatre-vingt-dix plus soixante-trois, cent cinquante trois. |
| **Dumas:** | Eh bien. . . c'est juste. |
| **Lamarche:** | Bien sûr, c'est juste, je le sais, Dumas. Monsieur le Professeur. . .? |
| **Ortho:** | Eh bien. . . ça va. Je l'ai interrogé, vous l'avez écouté et ça va. |
| **Lamarche:** | Continuez, s'il vous plaît. |
| **Ortho:** | D'accord, je continue. Et maintenant quelques additions et soustractions. Nous allons commencer. Vous êtes prêt? |

*Philippe Chapel est enfin sorti de chez le coiffeur. Il l'a payé, très cher, et il est vite parti à Radio Inter. Il est arrivé; le voici; il est avec la secrétaire de son patron.*

| | |
|---|---|
| **Philippe:** | Bonjour, Monique. |
| **Monique:** | Ah, bonjour. Vous voilà enfin. |
| **Philippe:** | Bah. . . oui. Le patron est arrivé? |
| **Monique:** | A. . . à onze heures? Bien sûr il est arrivé. Et il vous attend. |
| **Philippe:** | Ah, très bien. |
| **Monique:** | Ah, vous croyez? Eh bien vous allez voir. |
| **Philippe:** | Il est arrivé quelque chose? |
| **Monique:** | Vous êtes arrivé. |
| **Philippe:** | Bon, je vais le voir. |
| **Monique:** | Un instant, je vais l'appeler. . . . Excusez-moi, Monsieur; Monsieur Chapel est arrivé. . . .oui, oui, tout de suite, Monsieur. *(A Philippe)* Allez-y, il vous attend. |

| | |
|---|---|
| **Patron:** | Chapel. |
| **Philippe:** | Oui, Monsieur? |
| **Patron:** | Fermez la porte. |
| **Philippe:** | Oui, Monsieur. . . . Je m'excuse, mais. . . . |
| **Patron:** | Mais quoi? |
| **Philippe:** | Mais je vous ai appelé et. . . . |
| **Patron:** | Vous m'avez appelé? |
| **Philippe:** | Mais enfin, Sylvie vous a appelé pour moi. |
| **Patron:** | C'est assez, Chapel. Ecoutez-moi. Je vous ai envoyé au |

| | |
|---|---|
| | Bourget pour Radio Inter et qu'est-ce vous avez fait? Vous avez quitté le micro. |
| Philippe: | Oui, je l'ai quitté, c'est vrai. . . . |
| Patron: | Ah! |
| Philippe: | . . . .mais je l'ai quitté à cause d'un scoop sensationnel, un scoop pour Radio Inter. |
| Patron: | Ah, vraiment? |
| Philippe: | Oui, l'espion du Bourget, l'espion du Delta, je l'ai vu, je l'ai suivi; lui et les flics, je les ai suivis. Je sais tout. |
| Patron: | Moi aussi je sais tout. Et maintenant écoutez-moi bien. Le Commissaire Lamarche. . . |
| Philippe: | Oh, cet imbécile. |
| Patron: | Eh bien cet "imbécile" m'a appelé, il m'a appelé au téléphone. Il a dit ceci: "Je n'aime pas votre petit reporter Chapel." |
| Philippe: | Et moi je n'aime pas ce gros Commissaire Lamarche. |
| Patron: | C'est assez. Pas de reportage, pas de communiqué, c'est compris? Le Delta, fini, terminé. |
| Philippe: | Et mon scoop pour Radio Inter? |
| Patron: | Non. C'est un ordre. Le Delta, vous ne l'avez pas vu. L'espion, le "suspect," vous ne l'avez pas vu. Et maintenant au revoir. |

# QUESTIONNAIRE

1. Qu'est-ce qu'un orthophoniste?
2. Pourquoi Philippe a-t-il si mal à la tête?
3. Où Cécile est-elle partie en laissant Philippe chez elle?
4. Comment Philippe se rase-t-il d'habitude?
5. Qui est Monsieur l'Incognito?
6. Pourquoi l'orthophoniste interroge-t-il le suspect sur les nasales?
7. Comment se fait-il que les étrangers préfèrent calculer dans leur propre langue?
8. Comment s'appelle la secrétaire du patron de Philippe?
9. Pourquoi le patron de Philippe n'est-il pas content?
10. Pourquoi Philippe doit-il abandonner son scoop sur l'affaire du Bourget?

# 9 Combat et victoire

*Philippe Chapel est allé à Radio Inter. Il a rencontré son patron. Ils ont parlé de l'incident du Bourget. Le patron a dit à Philippe:*

**Patron:** L'affaire du Bourget, l'affaire du Delta, fini, terminé.

*Philippe, lui, a dit:*

**Philippe:** Et mon scoop? Mon scoop pour Radio Inter?

*Son patron, lui, il ne veut pas. Il dit encore à Philippe:*

**Patron:** C'est terminé; vous comprenez? Terminé, fini une fois pour toutes. Au revoir, Chapel.

*Mais Philippe veut continuer son reportage. Il veut suivre l'affaire du Bourget. Alors il insiste. Il parle à son patron. Il raconte l'incident du Bourget. Il dit:*

**Philippe:** Mais enfin cette affaire est très importante; c'est un scoop extraordinaire; un scoop pour moi, mais aussi pour Radio Inter.

**Patron:** Oui, oui, d'accord, mais enfin le Commissaire Lamarche m'a appelé. Il ne veut pas de communiqué, il ne veut pas de reportage.

**Philippe:** C'est entendu, mais nous voulons suivre cette affaire, oui ou non?

**Patron:** Oui bien sûr, je veux la suivre, mais. . .

**Philippe:** Et alors?

**Patron:** Mais je ne peux pas.

**Philippe:** Si, nous pouvons.

**Patron:** Ah, vous croyez?

**Philippe:** Je veux continuer mon reportage; je veux et je peux.

**Patron:** Vous pouvez? Vraiment? Et les ordres du Commissaire Lamarche?

**Philippe:** Ses ordres, il les a donnés, je sais; mais ses ordres, c'est pour Paris.

**Patron:** Et alors?

**Philippe:** Eh bien, il y a Toulouse.

**Patron:** Toulouse?

**Philippe:** Aéro-France à Toulouse. Le Delta SS 2,4 c'est l'avion d'Aéro-France. Nous pouvons interroger Aéro-France à Toulouse.

| Patron: | Mm. . . Vous voulez aller à Toulouse. . . |
|---|---|
| Philippe: | Ecoutez. Nous avons un ou deux espions; je les ai vus, je les ai suivis. Et je veux suivre cette affaire. Je veux voir Aéro-France, je veux savoir. |
| Patron: | Qu'est-ce que vous voulez savoir exactement? |
| Philippe: | Je ne sais pas, je ne sais pas encore. . . C'est une affaire d'espion-nage, ça je le sais. Le Delta SS 2,4 est un avion tactique, secret. Des espions veulent saboter cet avion. Je veux être certain; et je veux trouver ces espions. |
| Patron: | Entendu, Chapel. Vous pouvez suivre cette affaire; mais vous allez la suivre à Toulouse, pas à Paris. |
| Philippe: | Vraiment? Je peux partir? |
| Patron: | Vraiment. Et vous pouvez partir aujourd'hui; vous pouvez partir maintenant. |
| Philippe: | Vous allez voir, je vais faire un scoop. |
| Patron: | . . . Oui, d'accord, je peux descendre au studio dans. . . dans deux minutes. Bien Chapel; vous pouvez partir deux jours, trois jours maximum. |
| Philippe: | Merci, merci beaucoup, patron. |
| Patron: | Mais je veux un reportage, un bon reportage, c'est entendu? Et puis attention hein, attention au Commissaire Lamarche. Ah, autre chose encore. . . . |
| Philippe: | Oui. . .? |
| Patron: | Vous voulez emmener votre petite amie, je suppose? |
| Philippe: | Eh bien. . . non, je ne crois pas. |
| Patron: | Vraiment? Pauvre petite. . . Bon voyage, Chapel. Et n'oubliez pas Radio Inter. |

*Victoire. Mais. . . Sylvie. . .? Elle peut venir, mais. . .*

| Patron: | Vous voulez emmener votre petite amie, je suppose? |
|---|---|

*Oui. . . mais est-ce qu'elle veut venir?*

| Sylvie: | Au diable, Monsieur Chapel, au diable! |
|---|---|

| Philippe: | Au diable, oui. Tant pis, je vais téléphoner à Sylvie. . . . |
|---|---|
| Sylvie: | Allô. . . Ah, c'est toi. Ecoute, hier soir, je t'ai cherché, tu sais; je t'ai cherché au petit bar, mais je ne t'ai pas trouvé. . . Oui, oui, je sais, mais écoute, c'est ta faute aussi, non?. . . Non, je ne veux pas parler de ça. . . Comment? Tu vas à Toulouse et est-ce que je veux venir avec toi? Eh bien. . . . Mais oui! Tu peux venir ici? Bon, à tout à l'heure. |

*Victoire, victoire! Il va aller chez Sylvie. Mais d'abord il veut prendre un magnétophone. Philippe est avec un technicien de Radio Inter.*

**Philippe:** Dis donc, je veux emmener un petit magnétophone.

**Technicien:** Tu peux prendre celui-ci.

**Philippe:** Tiens, c'est un nouveau modèle; je ne l'ai jamais vu.

**Technicien:** Il est nouveau, oui. Il marche comme ceci... tu veux voir?

**Philippe:** Oui, montre.

**Technicien:** D'abord la bande magnétique: une bobine pleine, une bobine vide et voilà.

**Philippe:** Oui, ça n'est vraiment pas un mystère!

**Technicien:** Alors, ici tu as quatre boutons. Un... marche avant. Deux... arrêt. Trois... marche arrière. Quatre... enregistrement. Et maintenant voici le micro; tu le mets ici, tu vois, derrière. **Tu veux essayer?**

**Philippe:** Non, ça va.

**Technicien:** Eh bien alors ça va, tu peux prendre le magnétophone.

**Philippe:** Merci, mon vieux. A bientôt.

**Technicien:** Salut. Hé, tu vas où comme ça?

**Philippe:** A Toulouse.

**Technicien:** Je connais une fille à Toulouse; tu veux avoir son adresse?

**Philippe:** Non, ça va, j'ai le nécessaire. *(A lui-même)* Ah oui, j'ai le nécessaire... si Sylvie veut venir avec moi.

*Philippe arrive chez Sylvie. Il sonne. Elle ouvre. Il entre. Ils sont heureux.*

**Sylvie:** Je t'aime, tu sais...

**Philippe:** Moi aussi je t'aime. Hé, mais tu as fait ta valise!

**Sylvie:** Euh... oui, tu vois.

**Philippe:** Mais alors.... tu veux partir avec moi? Vraiment?

**Sylvie:** Idiot! Non, je ne veux pas partir.

**Philippe:** D'accord. Tu viens?

**Sylvie:** Si tu portes ma valise.

**Sylvie:** Tu ne veux pas mettre la radio? Je veux écouter un peu de musique.

**Philippe:** Oui, bien sûr.

**Sylvie:** Je suis heureuse... Et il fait beau!

**Philippe:** Et la voiture marche bien, non?

**Sylvie:** Je t'aime, Philippe.

**Philippe:** Attends. Je veux entendre les informations à Radio Inter.

| | |
|---|---|
| **Sylvie:** | Oh, les nouvelles, pourquoi les nouvelles? Je préfère la musique, moi. |
| **Speaker:** | Vous écoutez Radio Inter. Et voici un flash d'information. La police veut interroger un de nos reporters. C'est notre reporter Philippe Chapel; il est allé au Salon du Bourget pour vous; et il a suivi pour vous "l'affaire du Bourget"; affaire d'espionnage probablement. Le Commissaire Lamarche veut l'interroger. Le Commissaire a déclaré: "Chapel a vu le suspect au Bourget. Je veux l'interroger. Mais, nous le savons maintenant, Chapel a quitté Paris malgré mes ordres." Ici Radio Inter. Et voici maintenant notre émission. . . . |
| **Sylvie:** | Mais c'est incroyable! |
| **Philippe:** | Quel salopard ce Commissaire Lamarche. |
| **Sylvie:** | Mais enfin qu'est-ce qu'il veut faire? |
| **Philippe:** | Je ne sais pas, mais c'est sérieux. |
| **Sylvie:** | Tu veux rentrer à Paris? |
| **Philippe:** | Ah, non alors. |
| **Sylvie:** | Bravo! Je t'aime et j'aime ton métier. Vas-y. Accélère. Nous allons à Toulouse. |

# QUESTIONNAIRE

1. Qu'est-ce que c'est qu'un scoop?
2. Pourquoi le patron a-t-il peur de laisser Philippe faire son reportage?
3. Pourquoi, finalement, le patron laisse-t-il Philippe faire son reportage?
4. Où est-ce que Philippe va partir?
5. Philippe doit-il partir tout seul?
6. Qui va partir avec Philippe?
7. Qu'est-ce que Philippe emmène encore avec lui?
8. Sylvie est-elle contente de partir en voyage?
9. Le Commissaire Lamarche sait-il que Philippe a quitté Paris?
10. Que pense Sylvie du métier de Philippe?

# 10 Plan d'action

*Philippe et Sylvie sont arrivés à Toulouse. Ils ont passé
la nuit en route, entre Paris et Toulouse, et maintenant
ils viennent d'arriver en voiture. Il est dix heures du
matin. Ils sont dans le centre de la ville.*

| | |
|---|---|
| **Sylvie:** | Qu'est-ce que tu veux faire ce matin? |
| **Philippe:** | Moi, d'abord je veux prendre un café. |
| **Sylvie?** | Oui, bonne idée; moi aussi; un café au lait et des croissants. |
| **Philippe:** | Ah, voici un café; il est sympathique. Tu veux entrer? |
| **Sylvie:** | Nous pouvons rester dehors, non? Il fait beau, il fait chaud et il y a une terrasse. |
| **Philippe:** | Oui, moi aussi je préfère la terrasse... |

*Philippe et Sylvie sont assis à la terrasse du café. Ils ont
commandé deux cafés au lait et des croissants.*

| | |
|---|---|
| **Philippe:** | Tu veux prendre un autre café? |
| **Sylvie:** | Non ça va, merci. Mais dis-moi, maintenant qu'est-ce que tu veux faire ici à Toulouse? |
| **Philippe:** | Ça ne va pas être facile. Je veux aller à Aéro-France. Je veux voir... je ne sais pas, moi, je veux voir le directeur d'Aéro-France, mais... |
| **Sylvie:** | Et l'inventeur du Delta, tu le connais? |
| **Philippe:** | Je connais son nom; c'est l'ingénieur Guérin. |
| **Sylvie:** | Et tu peux rencontrer Guérin, tu crois? |
| **Philippe:** | Je peux essayer, mais là encore ça va être difficile. Tu comprends, cette affaire du Delta, cette affaire d'espionnage est certainement très importante; le Delta est un avion tactique et secret. Le suspect du Bourget a volé des instruments du Delta. Alors? Pourquoi? |
| **Sylvie:** | Le Delta est construit ici à Toulouse? |
| **Philippe:** | Oui, à Aéro-France. |
| **Sylvie?** | Et le complice du suspect? |
| **Philippe:** | Je ne sais pas. Il est peut-être ici. |
| **Sylvie?** | Pourquoi? Pour un sabotage? |
| **Philippe:** | C'est possible. |
| **Sylvie:** | Mais alors, qu'est-ce que nous pouvons faire? Qu'est-ce que tu veux savoir? |

| | |
|---|---|
| Philippe: | Eh bien, c'est simple. Le suspect a volé un laser et un gyroscope du Delta. Pourquoi? Espionnage? Sabotage? Oui? Alors cette affaire est certainement importante. |
| Sylvie: | Sûrement. |
| Philippe: | Et la police me recherche, donc euh. . . |
| Sylvie: | Je t'aime, mon chéri; si tu vas en prison, je peux t'apporter des oranges et du chocolat? |
| Philippe: | Et une photo. |
| Sylvie: | De qui? |
| Philippe: | De toi. |
| Sylvie: | Pour l'instant, je suis là, à côté de toi. |
| Philippe: | Viens. |
| Sylvie: | Où? |
| Philippe: | A l'hôtel. |
| Sylvie: | Quel hôtel? |
| Philippe: | Notre hôtel. |
| Sylvie: | Où? |
| Philippe: | Je ne sais pas. Nous allons trouver un hôtel en ville. J'ai une idée. La police me recherche, la police nous recherche. Eh bien, nous allons à l'hôtel comme des touristes. Tu comprends? Nous sommes venus à Toulouse en touristes. |
| Sylvie: | Oui. . . |
| Philippe: | Ou alors euh. . . nous sommes venus, pas en touristes, mais en jeunes mariés, en lune de miel, en voyage de noces. |
| Sylvie: | *(Elle rit)* |
| Philippe: | Oui ou non? |
| Sylvie: | Oui. |
| Philippe: | Alors, tu viens? |
| Sylvie: | Avec toi, oui. |
| Philippe: | Ecoute, j'ai une idée. |
| Sylvie: | Encore? |
| Philippe: | Nous allons aller à l'hôtel et nous allons demander des renseignements touristiques. "Où est la Cathédrale? Où est le Château?" |
| Sylvie: | "Est-ce que nous pouvons visiter?" |
| Philippe: | "Où est le cinéma, et le théâtre. . ." |
| Sylvie: | Ou bien: "Nous avons oublié nos maillots de bain. Où sont les boutiques et les grands magasins? Est-ce que |

| | |
|---|---|
| | nous pouvons acheter des maillots de bain ici à Toulouse?" |
| Philippe: | Et s'il n'y a pas de maillots de bain à Toulouse, eh bien... tant pis ou... tant mieux. Tu es belle et je t'aime. Alors tu viens? Nous allons à l'hôtel? Viens. |

*Eh bien... ça marche entre Sylvie et Philippe, non? Ils sont partis à l'hôtel. Et maintenant nous, nous allons à Aéro-France et nous entrons dans le bureau de l'ingénieur Jean Guérin. L'ingénieur Guérin est très occupé. Il travaille sur le gyroscope et le laser du Delta SS 2,4. Le Delta c'est son avion. Il l'a inventé, il l'a dessiné, il l'a préparé, il l'a essayé. Et maintenant Aéro-France a un client, un client étranger pour le Delta. Le client est arrivé; il veut voir un vol de présentation. Mais il y a cette affaire du Bourget...*

| | |
|---|---|
| Guérin: | Allô, Guérin à l'appareil... Ah, c'est toi, Maman. Mais pourquoi est-ce que tu téléphones à mon bureau?... Ecoute, je peux venir chez toi ce soir, mais pas maintenant; je suis terriblement occupé.... J'ai beaucoup de travail; je ne peux pas déjeuner avec toi... Déjeuner en ville? C'est impossible. Bon, bon, d'accord; je ne veux pas aller en ville; je n'ai pas le temps; mais toi tu peux venir ici; nous pouvons déjeuner près d'Aéro-France... Mais oui, tu le connais; c'est le Restaurant des Quatre Chemins... Oui, sur la route, en face d'Aéro-France. A tout à l'heure. *(Exaspéré)* Oh.... là-là, là-là, là-là! |

| | |
|---|---|
| Philippe: | Il y a quelqu'un? |
| Patronne de l'hôtel: | *(Très désagréable)* Oui; oui, oui! Ohhh! Attendez une seconde. |

*Philippe et Sylvie sont arrivés à l'hôtel. C'est un petit hôtel dans le centre de la ville. Ils veulent retenir une chambre.*

| | |
|---|---|
| Patronne: | *(toujours désagréable)* Bonjour Monsieur-Dame. Alors, qu'est-ce que c'est? |
| Philippe: | C'est un hôtel, non? Nous voulons une chambre. |
| Patronne: | Pour combien de jours? |

| | |
|---|---|
| **Philippe:** | Eh bien. . . pour trois nuits. |
| **Patronne:** | Pour combien de personnes? |
| **Philippe:** | Eh bien, vous voyez; pour deux. |
| **Sylvie:** | Oui seulement pour deux; nous avons oublié le chat à Paris. |
| **Patronne:** | Pas de chats, pas de chiens dans mon hôtel! |
| **Philippe:** | Et pas de souris dans les chambres, j'espère. |
| **Patronne:** | Non Monsieur; j'ai un chat. *(Soudain charmante)* Oui, oui, oui, mon amour, j'arrive, j'arrive. Bon, alors qu'est-ce que vous voulez? |
| **Philippe:** | Une chambre avec salle de bain. |
| **Patronne:** | Bien; la chambre douze. C'est cinquante francs. |
| **Philippe:** | D'accord. Nous la prenons. |
| **Patronne:** | Voici la clé; numéro douze. Excusez-moi, mon chat m'appelle. Vous pouvez monter votre valise, non? |
| **Philippe:** | Euh. . . Oui, je suppose. |
| | |
| **Patron du restaurant:** | Ah! Bonjour, Monsieur Guérin. |
| **Guérin:** | Bonjour, Monsieur. Ça va bien? |
| **Patron:** | Oui, je vous remercie. Vous êtes seul? |
| **Guérin:** | Non, j'attends ma mère; je veux une table pour deux. Tenez, justement la voici. |
| **Patron:** | Bonjour, Madame Guérin. |
| **Madame Guérin:** | Bonjour. . . Bonjour, mon fils. |
| **Guérin:** | Bonjour, Maman. Nous avons une table, nous pouvons déjeuner. Alors, qu'est-ce qui se passe? |
| **Madame G.:** | Notre maison dans le village de Pons, le locataire. . . eh bien, il . . . il ne veut* pas payer. |
| **Guérin:** | C'est tout? |
| **Mme G.:** | Et comment, c'est tout? Il ne veut* pas payer; tu comprends? |
| **Guérin:** | Ecoute, je suis très occupé. |
| **Mme G.:** | Tu ne veux pas parler au locataire? |
| **Guérin:** | Non, je ne peux pas. J'ai du travail. |
| **Mme G.:** | Eh bien. J'ai un fils et il ne veut* pas aider sa mère. C'est incroyable! |
| **Guérin:** | Mais je n'ai pas le temps, moi, j'ai mon travail. |
| **Mme G.:** | Oui, je comprends. Tu ne veux pas venir, voilà tout. |
| **Guérin:** | Oh, écoute, je t'en prie; tu dis des bêtises. |
| **Mme G.:** | Et toi tu ne veux pas aider ta pauvre mère. . . |

# QUESTIONNAIRE

1. A quelle heure Philippe et Sylvie arrivent-ils à Toulouse?
2. Quelle est la première chose que font Philippe et Sylvie en arrivant à Toulouse?
3. Où est-ce qu'on construit le Delta SS 2,4?
4. Qu'est-ce que Philippe veut que Sylvie lui apporte s'il va en prison?
5. Comment Philippe et Sylvie parlent-ils de se présenter à l'hôtel?
6. Qui appelle Jean Guérin au téléphone?
7. Dans quel restaurant Jean Guérin va-t-il manger à midi?
8. Est-ce que Philippe et Sylvie trouvent une chambre tout de suite?
9. Pourquoi la maman de Jean Guérin veut-elle le voir?
10. Jean Guérin a-t-il le temps de s'occuper de sa mère?

# 11 Rencontre

*A l'hôtel, à Toulouse, Philippe et Sylvie sont montés dans leur chambre, puis ils sont redescendus. Ils vont sortir de l'hôtel, mais la patronne les appelle.*

Patronne: Monsieur-Dame, s'il vous plaît!

Philippe: Oui?

Patronne: Vous n'avez pas fait votre fiche.

Philippe: Je crois que non. . .

Patronne: Et moi je sais que non. Tenez, voici la fiche et un stylo. Ah, je crois que mon chat m'appelle; je reviens.

Sylvie: Tu vas faire cette fiche?

Philippe: Oui, bien sûr.

Sylvie: Et tu vas mettre ton vrai nom? Je pense que c'est dangereux.

Philippe: Oui, je crois que tu as raison; si la police me recherche. . . .

Sylvie: Tu peux mettre mon nom, si tu veux.

Philippe: Eh bien voilà. Je suis. . . . Monsieur. . . . *(il écrit)* Mou-nier. Je crois que je vais garder mon prénom. *(Il écrit)* Philippe. . . Lieu et date de naissance. . . Paris; et cetera. Profession.

Sylvie: Tu ne vas pas mettre "journaliste?"

Philippe: Je pense que non. Attends. . . .

Sylvie: Pourquoi pas "employé?"

Philippe: Non.

Sylvie: Je sais. "Agent de police."

Philippe: Oh! Pourquoi pas "Commissaire Lamarche?" Chut, voici la patronne. Je mets, euh. . . "commerçant." Voilà. Je signe. Philippe. . . Mounier. Et ça y est.

Patronne: Alors, votre fiche. . . .

Philippe: La voilà. Tu viens, Sylvie?

Sylvie: Au revoir, Madame. A ce soir.

Sylvie: Qu'est-ce que tu veux faire maintenant?

Philippe: Quelle heure est-il? Midi. . . Je pense que nous pouvons déjeuner vers une heure.

Sylvie: D'accord.

Philippe: Et avant ça, je veux voir les usines d'Aéro-France. Nous pouvons aller voir les usines et déjeuner près de là. Tu veux?

| | |
|---|---|
| Sylvie: | Je trouve que c'est une bonne idée. |
| Philippe: | Eh bien, nous pouvons partir tout de suite. Voici la voiture de Madame. . . . |
| Sylvie: | Merci, James. |
| Philippe: | Et voici le chauffeur de la voiture de Madame. . . |
| | |
| Sylvie: | Tu connais la sortie de Toulouse? |
| Philippe: | Pour aller à Aéro-France? Je crois que oui. J'ai étudié le plan de la ville. Je crois que c'est par ici et puis tout droit. . . . |
| | |
| Philippe: | Nous voici dans les faubourgs de la ville. |
| Sylvie: | C'est encore loin? |
| Philippe: | Quelques kilomètres seulement. Je crois que c'est à cinq ou six kilomètres de Toulouse, sur la grand' route. Regarde encore le plan et la carte, veux-tu? |
| Sylvie: | Attends. . . Le plan de Toulouse. . . Voilà. Sur quelle sortie sommes-nous? Est ou ouest? |
| Philippe: | Sur la sortie ouest. |
| Sylvie: | Ouest. . . . Nous venons de traverser un passage à niveau, donc je pense que nous sommes. . . attends. Je crois que nous allons traverser un grand boulevard. . . . |
| Philippe: | Oui, je crois que tu as raison. Voici justement un grand carrefour. |
| Sylvie: | Alors ça va, tu continues tout droit. |
| Philippe: | Si le feu est vert, oui. . . Bon, ça va. |
| Sylvie: | Alors tu continues tout droit et puis nous tournons. . . je crois que c'est à gauche. |
| Philippe: | A gauche, tu es sûre? Moi, je crois que c'est à droite. |
| Sylvie: | Enfin. . . nous tournons. . . par là. |
| Philippe: | Oui, c'est ça; à droite. |
| Sylvie: | C'est pareil. |
| Philippe: | Oui, je pense que tu as raison! Droite et gauche sont synonymes, c'est pareil. |
| Sylvie: | Dommage que je n'ai pas mon dictionnaire. |
| Philippe: | Je t'adore. Dis-moi, l'anneau de mariage, tu le portes à la main gauche ou à la main droite? |
| Sylvie: | A la main g— Comment? C'est vrai? oh, mon chéri! |
| Philippe: | Réponds. |
| Sylvie: | Oui, je veux être ta femme. |
| Philippe: | Alors c'est à gauche ou c'est à droite? |
| Sylvie: | Je crois que c'est la main gauche. |
| Philippe: | Mais non, Madame Chapel. Pas la main, la route. Je tourne à gauche ou je tourne à droite. |

| | |
|---|---|
| **Sylvie:** | Vous tournez à droite, Monsieur Mounier. . . . |
| **Sylvie:** | Tu crois que nous sommes sur la bonne route? |
| **Philippe:** | Je pense que oui. Oui, c'est bon. Regarde, voilà une grande usine et des avions. Là, à gauche. . . mais tu regardes à droite. |
| **Sylvie:** | Oui, mon chéri, à gauche. |
| **Philippe:** | Tu vois cet avion? Cet avion tout seul sur la piste? C'est le Delta, le fameux Delta. |
| **Sylvie:** | Oh dis donc, j'ai faim. |
| **Philippe:** | Eh bien, nous allons déjeuner. Il y a sûrement un restaurant sur cette route. . . . |
| **Sylvie:** | Voilà un petit café. . . |
| **Philippe:** | Et puis une station-service. . . |
| **Sylvie:** | Un garage. |
| **Philippe:** | Un carrefour. Quatre routes. Je continue tout droit. |
| **Sylvie:** | Arrête! Il y a un restaurant là à droite. — non, je veux dire à gauche. |
| **Philippe:** | Oui, oui, oui, oui. . . |
| **Sylvie:** | Le Restaurant des Quatre Chemins. |
| **Philippe:** | C'est sympathique. Tu veux déjeuner ici? |
| **Sylvie:** | Oui, j'ai faim. |

*Le Restaurant des Quatre Chemins. . . . Le Restaurant des Quatre Chemins. Philippe et Sylvie entrent.*

| | |
|---|---|
| **Sylvie:** | Il y a du monde. |
| **Philippe:** | Je ne crois pas que nous allons trouver une table. |
| **Patron:** | Bonjour, Monsieur- Dame. |
| **Philippe:** | Nous voulons déjeuner. Nous sommes deux. Vous avez une table? |
| **Patron:** | Malheureusement je crois que non. Enfin pas tout de suite. Mais est-ce que vous pouvez attendre cinq minutes? |
| **Philippe:** | Sylvie, tu es d'accord? |
| **Sylvie:** | Oui; j'ai faim, mais. . . |
| **Patron:** | Est-ce que vous voulez prendre l'apéritif? Ici au bar. Et voici le menu. Si vous voulez choisir. . . . |

*Philippe et Sylvie attendent une table. A une autre table, une dame et un monsieur déjeunent; ce sont Madame Guérin et son fils l'ingénieur Jean Guérin.*

| | |
|---|---|
| **Guérin:** | Ecoute, Maman, je t'assure que je n'ai pas le temps. |
| **Mme Guérin:** | Et moi je t'assure que tu n'es pas gentil; tu n'es vraiment pas gentil avec ta mère. . . ! |
| **Guérin:** | Bon, eh bien. . . si tu veux, je vais aller à Pons avec toi. Et je vais parler au locataire. |
| **Mme G.** | Tu es gentil. |
| **Guérin:** | Mais écoute; une demi-heure seulement. Nous finissons notre déjeuner et nous partons tout de suite après. |
| **Patron:** | *(s'approchant)* Par ici, Monsieur-Dame, s'il vous plaît. . . Tenez, voici une bonne petite table. |
| **Sylvie:** | Merci. |
| **Philippe:** | Merci. |
| **Patron:** | Est-ce que vous avez choisi? |
| **Philippe:** | Je crois que oui. Sylvie. . . ? |
| **Sylvie:** | Eh bien, moi, je vais prendre. . . Pour commencer, je veux des asperges. |
| **Patron:** | Elles sont délicieuses, vous pouvez me croire. |
| **Philippe:** | Alors, pour moi aussi. |
| **Patron:** | Bien. Deux asperges. Au beurre ou vinaigrette? |
| **Sylvie:** | Au beurre. |
| **Philippe:** | D'accord. |
| **Patron:** | Ensuite, si vous voulez manger une bonne truite; ou alors vous pouvez prendre une grillade, filet, entrecôte. . . |
| **Sylvie:** | Oui, entrecôte, des frites et une bonne salade. Philippe? |
| **Philippe:** | Moi aussi. |
| **Patron:** | L'entrecôte, vous l'aimez saignante, à point ou bien cuite? |
| **Philippe:** | Deux entrecôtes saignantes, s'il vous plaît. |
| **Patron:** | Et à boire, voulez-vous un petit vin de pays? Il est très bon. |
| **Philippe:** | D'accord pour le vin de pays. |
| **Patron:** | Bien, Monsieur. Les asperges sont prêtes, elles arrivent tout de suite. |
| **Sylvie:** | J'espère que nous allons bien manger. |
| **Philippe:** | Je pense que oui. Regarde. . . ce monsieur et cette dame à la table à côté; ils mangent une très jolie truite. |
| **Guérin:** | Alors, Maman, cette truite. . . ? |
| **Mme G.:** | Elle est très bonne; délicieuse. |
| **Guérin:** | La mienne aussi. Après ça nous allons prendre un fromage ou un dessert et puis nous partons à Pons. Il est déjà deux heures moins le quart. . . . Patron, patron, s'il vous plaît! L'addition. |
| **Patron:** | Oui, Monsieur Guérin. |

| | |
|---|---|
| **Philippe:** | Sylvie, tu as entendu? |
| **Patron:** | Tout de suite, Monsieur Guérin. |
| **Sylvie:** | Guérin? |
| **Philippe:** | L'ingénieur. . . Après tout, nous sommes en face d'Aéro-France. |
| **Sylvie:** | Tu crois que c'est lui, vraiment? |
| **Philippe:** | Il a demandé l'addition. Nous aussi. Patron, s'il vous plaît, l'addition! |
| **Sylvie:** | Je crois que le patron ne t'a pas entendu. |
| **Philippe:** | Patron, l'addition! Je crois que tu as raison, il ne m'a pas entendu. Si c'est l'ingénieur Guérin, je veux le suivre; et c'est sûrement lui. |
| **Patron:** | Voilà, Monsieur Guérin; votre addition. |
| **Guérin:** | Merci. Voici. . . soixante francs. C'est bien, gardez la monnaie. Au revoir et à un de ces jours. |
| **Patron:** | Au revoir, Monsieur; au revoir, Madame. Et merci beaucoup. |
| **Philippe:** | Patron, l'addition; s'il vous plaît. |
| **Patron:** | Oui, Monsieur; une minute, j'arrive. |
| **Philippe:** | Allons, Sylvie, viens. Je mets soixante francs sur la table et nous partons. Viens, viens vite. |

# QUESTIONNAIRE

1. Pourquoi Philippe n'écrit-il pas son vrai nom sur la fiche d'hôtel?
2. Quand Philippe et Sylvie vont-ils voir les usines d'Aéro-France?
3. Est-ce que Sylvie connaît bien Toulouse?
4. Qu'est-ce que Philippe demande à Sylvie pendant qu'ils roulent?
5. Est-ce que Sylvie refuse d'épouser Philippe?
6. Qu'est-ce qu'on voit sur la piste de l'usine d'aviation?
7. Qu'est-ce qu'on peut faire en attendant une table pour déjeuner?
8. Avec qui déjeune l'ingénieur Jean Guérin?
9. Comment Philippe aime-t-il son entrecôte?
10. Combien Jean Guérin donne-t-il au patron pour payer son déjeuner?

# 12 Le locataire de Pons

*L'ingénieur Guérin et sa mère sont sortis du restaurant des Quatre Chemins. Philippe et Sylvie sont sortis très vite après eux.*

| | |
|---|---|
| Philippe: | Vite, Sylvie, vite. |
| Sylvie: | Cette voiture qui démarre c'est l'ingénieur Guérin? |
| Philippe: | Oui, c'est lui. Viens, nous allons le suivre. Vite. Heureusement il ne roule pas vite... Tu comprends, c'est lui qui est responsable du Delta. |
| Sylvie: | Evidemment, si nous pouvons le rencontrer... |
| Philippe: | ....et le rencontrer "par hasard." |
| Sylvie: | Nous sommes arrivés trop tard au restaurant, c'est idiot. |
| Philippe: | Hé oui, c'est dommage. Il ne va pas à Aéro-France, c'est certain. Ah, je veux vraiment le rencontrer, l'interroger, je veux savoir l'importance technique et commerciale de cette "affaire du Delta." |

*Nous sommes maintenant dans la voiture de l'ingénieur Jean Guérin. Et c'est sa mère qui parle.*

| | |
|---|---|
| Mme Guérin: | Tu comprends, c'est toi qui peux vraiment discuter avec le locataire. |
| Guérin: | Pourquoi est-ce qu'il ne veut pas payer? |
| Mme G.: | Trop cher! C'est lui qui le dit. Ce n'est* pas cher du tout. Cette maison que nous avons à Pons, elle est très bien. |
| Guérin: | Oui, enfin, euh... |
| Mme. G.: | Ecoute, c'est ton père qui a acheté cette maison. |
| Guérin: | Oui, je sais, c'est Papa qui a acheté la maison de Pons. Et alors? Le locataire dit que c'est trop cher; c'est tout? |
| Mme G.: | Oh non. Il dit que le bruit est terrible. |
| Guérin: | Le bruit? Quel bruit? Cette maison est très tranquille au contraire. |
| Mme G.: | Et non, pas le bruit de la rue et des voitures; le bruit que vous faites...à Aéro-France avec vos avions. |
| Guérin: | Bien sûr, un avion qui ne fait pas de bruit.... C'est lui qui a raison. |
| Mme G.: | Oh, toi alors! Il ne paie* pas; pour moi c'est ça qui est important. Et c'est nous, enfin c'est moi qui ai raison. |

| | |
|---|---|
| **Guérin:** | *(distraitement)* Oui, Maman, c'est toi qui as raison. . . . |
| **Mme G.:** | Je te remercie. Bon, nous sommes presque arrivés; c'est toi qui vas discuter avec lui, n'est-ce pas? |
| | |
| **Sylvie:** | Où sommes-nous? |
| **Philippe:** | Pons. C'est le nom de ce village. |
| **Sylvie:** | J'espère qu'il ne va pas faire encore des kilomètres et des kilomètres. |
| **Philippe:** | Nous voulons le suivre; c'est lui qui décide. . . Attends, il tourne à droite. |
| **Sylvie:** | Il quitte la grand'route; il entre dans le village. |
| **Philippe:** | Bien. Qu'est-ce qu'ils vont faire? Ils ont peut-être des amis qui habitent ici. |
| **Sylvie:** | Des amis ou quelqu'un qui les attend. |
| **Philippe:** | Nous allons bien voir. . . Voilà, il ralentit. . . . Et les voilà qui arrivent sur la place du village. |
| **Sylvie:** | Ils vont peut-être dans ce café, ce café que tu vois sur la place. |
| **Philippe:** | Peut-être. . . Ils ralentissent. |
| **Sylvie:** | Non, ils ne vont pas au café. Ils vont à la maison qui est en face, de l'autre côté de la place. |
| **Philippe:** | Oui, tu as raison; ils vont sortir de leur voiture. Bien, nous allons attendre ici. |

*L'Ingénieur Guérin et sa mère sortent de leur voiture. Ils vont vers leur maison, la maison qui est occupée par le fameux locataire.*

| | |
|---|---|
| **Guérin:** | J'espère qu'il est là. |
| **Mme G.:** | C'est un homme qui est toujours chez lui. |
| **Guérin:** | Son nom, c'est comment? J'ai oublié. |
| **Mme G.:** | Pilevski. Avec un nom pareil, il n'est* pas français. |
| **Guérin:** | Et alors? Bien; nous allons sonner. . . Mais elle ne marche pas cette sonnette. |
| **Mme G.:** | Mais oui elle marche; elle est neuve. |
| **Guérin:** | Eh bien essaie. . . |
| **Mme G.:** | Non, en effet non, elle ne marche* pas. Ah ça c'est trop fort. C'est lui qui l'a cassée. Je viens de payer l'électricien pour cette nouvelle sonnette. Trente francs, j'ai payé. . . Et c'est lui, le locataire, qui l'a cassée, exprès! |
| **Guérin:** | La sonnette ne marche pas; eh bien c'est simple, nous allons frapper à la porte. |

| | |
|---|---|
| Mme G.: | Il est là, je le sais; c'est un homme qui ne sort jamais. |
| Guérin: | D'accord, mais il ne peut pas ouvrir la porte en. . . en une seconde. Je vais frapper encore une fois. |
| Mme G.: | Il est là; je le sais, je le sens, il est dans ma maison, et il ne veut* pas répondre. Ah, voilà un homme que je déteste. Attends! Attends, tu vas voir. . . . *(Elle frappe à la porte. Elle appelle)* Monsieur Pilevski! Monsieur Pilevski! Monsieur Pilevski! |
| Philippe: | Mais qu'est-ce qu'ils font? |
| Sylvie: | Il a sonné, je crois. Puis il a frappé à la porte de la maison; puis c'est elle qui a frappé à la porte. Et maintenant elle appelle. Qu'est-ce qu'elle a dit, tu as entendu? |
| Philippe: | Je ne sais pas. C'est étrange, non? Voilà un homme qui est très connu, qui est très important, et qui vient frapper à la porte de cette petite maison. . . |
| Sylvie: | Pourquoi pas après tout? |
| Philippe: | D'accord, mais. . . . Et puis cette dame qui est avec lui. . . . Mais qu'est-ce qu'ils font? C'est étrange, non? En tout cas la personne qui est dans la maison ne veut pas répondre. |
| Sylvie: | Ou alors la personne qui habite là est sortie. |
| Philippe: | Oui, évidemment, c'est l'un ou l'autre. . . Regarde. Tu as vu? |
| Sylvie: | Non. Quoi? |
| Philippe: | J'ai vu quelqu'un derrière une fenêtre; un homme je crois. . . Oui, c'est bien ça, je vois quelqu'un qui bouge. |
| Sylvie: | Où? |
| Philippe: | Là, la première fenêtre à droite de la porte. |
| Sylvie: | Il va peut-être ouvrir la porte. |
| Philippe: | Peut-être. . . . Mais Guérin frappe toujours à la porte. . . . |
| Guérin: | Bon. C'est assez. Il n'est pas là. Je n'ai pas le temps. Je pars. |
| Mme G.: | Et moi je sais qu'il est là. Il ne veut* pas répondre, voilà tout. |
| Guérin: | C'est pareil. Moi, j'ai un travail important qui m'attend, je pars. |
| Mme G.: | Une minute, s'il te plaît. *(Elle appelle)* Pilevski, ouvrez; ouvrez, Pilevski! |
| Pilevski: | Ouais. . . |
| Mme G.: | Ah, vous voilà, vous! |
| Pilevski: | Qu'est-ce que vous voulez encore? |
| Mme G.: | Mon argent. |
| Pilevski: | Des clous! |

| | |
|---|---|
| **Mme G.:** | Oh! · Tu as entendu? |
| **Guérin:** | Ça suffit. Nous sommes venus, ma mère et moi... |
| **Pilevski:** | Mon œil! |
| **Mme G.:** | Ohhhhh! |
| **Guérin:** | Enfin, vous êtes locataire, oui ou non? Ma mère veut son argent. |
| **Pilevski:** | Ah, vous voulez de l'argent? Eh bien tenez... Voilà trois francs. Un franc par mois. *(Il rit comme un fou).* |
| **Mme G:** | Oh. Trois francs. Et c'est trois cents francs par mois. Jean, tu vas appeler les gendarmes. Vous entendez? Les gendarmes! |
| **Pilevski:** | La paix! Et puis vous, je vous connais. Vous êtes à Aéro-France, vous êtes responsable de tout, je le sais. C'est vous qui êtes responsable. Vous êtes un traître. Partez ou je tire. Je suis armé. Partez ou je tire, sale traître, traître! |

# QUESTIONNAIRE

1. Après qui est-ce que Sylvie et Philippe sont sortis?
2. Pourquoi Philippe veut-il rencontrer Jean Guérin?
3. Pourquoi Madame Guérin veut-elle que Jean parle à son locataire?
4. De quoi se plaint le locataire?
5. Quel est le nom du village en question?
6. Est-ce que le fameux locataire est français?
7. Qu'est-ce qui est cassé dans la maison de Madame Guérin?
8. Quand Jean Guérin frappe à la porte, le locataire répond-il tout de suite?
9. Est-ce que Philippe comprend ce que fait Guérin?
10. Qu'est-ce que Pilevski lance par la fenêtre?

# 13 Coups de feu

*Nous revoici à Pons, sur la place du village de Pons. Les Guérin sont toujours devant leur maison. Philippe et Sylvie sont dans leur voiture; ils attendent, ils observent... De l'autre côté de la place, le locataire des Guérin a ouvert la fenêtre; il répond au Guérin et, en particulier, à l'ingénieur Guérin.*

**Pilevski:** Et puis, vous, je vous connais. Vous êtes à Aéro-France, vous êtes responsable de tout, je le sais. C'est vous qui êtes responsable. Vous êtes un traître. Partez, ou je tire. Je suis armé. Partez, ou je tire, sale traître, traître!

**Guérin:** Mais vous êtes fou! Il faut être raisonnable. Qu'est-ce que vous voulez?

**Pilevski:** Ce que je veux? Ben voilà ce que je veux.

**Sylvie:** Tu as vu? Tu as vu ce qui est arrivé?

**Philippe:** Mais c'est incroyable. Regarde... L'ingénieur Guérin... Il est étendu sur le sol, il ne bouge pas.

**Sylvie:** Tu crois qu'il est mort?

**Philippe:** L'homme a tiré deux fois sur lui.

**Sylvie:** Et la dame qui est avec Guérin... Non, elle, elle n'est pas blessée. Ecoute, elle appelle.

**Mme Guérin:** *(elle pleure, elle est hystérique, elle appelle)* Assassin! Assassin! Assassin! Mon fils, mon pauvre fils....

**Sylvie:** Tu entends? C'est son fils. Elle est la mère de Guérin. Pauvre femme...

**Philippe:** Mais pourquoi est ce que cet homme a tiré sur Guérin? Le Delta SS 2,4....

**Sylvie:** Vite, Philippe, il faut appeler une ambulance. Il faut appeler les gendarmes. Regarde cette pauvre femme.

*Des habitants du village ont entendu les deux coups de feu. Ils sortent de leurs maisons. Ils vont vers Madame Guérin. Ils demandent à la pauvre femme ce qui est arrivé. Et Madame Guérin peut seulement répondre:*

**Mme G.:** *(hystérique, en pleurs)* Je ne sais pas... Je ne sais pas... Je ne sais pas.

| | |
|---|---|
| **Sylvie:** | Qu'est-ce que nous pouvons faire? |
| **Philippe:** | Mais regarde tous ces gens qui sont là. Moi, je ne peux pas rencontrer la police, tu comprends. |
| **Sylvie:** | Oui, bien sûr. |
| **Philippe:** | Mais je veux savoir ce qui est arrivé. |
| **Sylvie:** | Ces gens vont sûrement appeler les gendarmes et l'ambulance. |
| **Philippe:** | Dans ce cas, nous ne pouvons rien faire. Nous allons attendre dans la voiture; nous allons voir ce qui arrive. Tout de même, c'est étrange. L'ingénieur Guérin, l'inventeur du Delta... mort. |
| **Sylvie:** | Il n'est peut-être pas mort. |
| **Philippe:** | D'accord, mais enfin il vient ici dans ce petit village... Il sonne, il frappe à la porte d'une petite maison; et puis un homme prend un fusil et tire sur lui. |
| **Sylvie:** | Oui... |
| **Philippe:** | D'abord Le Bourget, puis le Delta, puis les deux hommes que j'ai vus, puis le gyroscope et le laser du Delta; puis la police, puis le Commissaire Lamarche qui me recherche. Pourquoi? Parce que j'ai vu ces deux hommes au Bourget. Et puis le Commissaire Lamarche qui téléphone à mon patron, le Commissaire qui dit: "Il faut arrêter ce reportage." Pourquoi? Et puis nous venons ici. Je veux rencontrer l'ingénieur Guérin; nous le rencontrons par hasard, nous le suivons et puis quoi? Ça.... |
| **Sylvie:** | Ils ont appelé l'ambulance; la voilà qui arrive. |

| | |
|---|---|
| **Villageoise:** | Vite, vite, c'est par ici... |
| **Ambulancier:** | C'est grave? |
| **Villageoise:** | Deux coups de fusil. |
| **Ambulancier:** | Il n'est pas mort? |
| **Villageoise:** | Il respire encore, je crois. |
| **Ambulancier:** | Et la dame qui est avec lui? |
| **Villageoise:** | Elle n'est pas blessée; elle n'a rien. |
| **Ambulancier:** | Attention, tout le monde, attention! |
| **Villageoise:** | Alors? C'est grave? Il n'est pas mort, non? |
| **Ambulancier:** | Vous entendez, non? Il vit, mais... La poitrine... le ventre... Il perd son sang. Aidez-moi. Nous allons le transporter dans l'ambulance. |
| **Villageoise:** | Et la dame? |
| **Ambulancier:** | Elle n'a rien, mais elle va venir avec nous dans l'ambulance. |

| | |
|---|---|
| **Mme Guérin:** | *(hystérique)* Non, non, non. |
| **Ambulancier:** | Allons, Madame, allons. . . Il faut venir avec nous. Venez, il faut monter dans l'ambulance avec nous. . . laissez passer, laissez passer s'il vous plaît. . . . |

*Ils portent l'ingénieur Guérin dans l'ambulance. Ils aident Madame Guérin qui ne peut pas marcher. Dans leur voiture, Philippe et Sylvie regardent; ils observent ce qui se passe. Et maintenant l'ambulance va partir.*

| | |
|---|---|
| **Sylvie:** | Tu ne veux pas suivre l'ambulance? |
| **Philippe:** | Suivre l'ambulance à l'hôpital, et puis quoi? |
| **Sylvie:** | Oui, je crois que tu as raison. . . |
| **Philippe:** | Savoir si Guérin est mort ou vivant; nous pouvons le savoir par les journaux. |
| **Sylvie:** | Mais pour toi, comme reporter, il faut savoir, non? |
| **Philippe:** | Bien sûr, mais je peux téléphoner à l'hôpital. |
| **Sylvie:** | Quel hôpital? |
| **Philippe:** | L'Hôpital Général de Toulouse, je suppose. Non, il faut rester ici. Il faut savoir ce qui est arrivé exactement et pourquoi. L'homme qui a tiré sur Guérin, pourquoi est-ce qu'il a tiré? Qui est-ce? Voilà ce qu'il faut savoir. |
| **Sylvie:** | Evidemment, mais. . . . |
| **Philippe:** | Je veux voir cette maison, essayer de parler avec cet homme, peut-être. . . |
| **Sylvie:** | Tu es fou. . . Cet homme est dangereux. Il a tiré sur Guérin et maintenant tu veux parler avec lui? Il va tirer sur toi, voilà tout. |
| **Philippe:** | L'homme qui a tiré sur Guérin est dangereux, je suis d'accord, mais moi. . . |
| **Sylvie:** | Ecoute. . . Tu vois le petit café qui est là en face? Eh bien, c'est facile, tu interroges le patron du café; il connaît sûrement l'homme qui habite cette maison. |
| **Philippe:** | Tu ne comprends pas. Les gendarmes vont arriver. Je ne veux pas rencontrer les gendarmes et je veux voir cette maison de près, je veux la voir avant l'arrivée des gendarmes. |
| **Sylvie:** | Philippe. . ! |
| **Philippe:** | Reste dans la voiture. Je reviens tout de suite. |

*Philippe fait le tour de la place du village. Il avance lentement et prudemment. L'homme qui a tiré sur Guérin a tiré de la fenêtre, de la première fenêtre, la fenêtre qui est à droite de la porte. Et la fenêtre est fermée; les autres fenêtres aussi sont fermées; et la porte. Mais il faut faire attention. Cet homme est peut-être fou; en tout cas il est dangereux; il est armé, c'est un assassin. . . Il avance toujours, lentement, prudemment; il veut regarder à l'intérieur de la maison; est-ce possible? Peut-être, mais il faut être prudent. Encore quelques mètres. . . seulement quelques mètres et − un coup de feu.*

**Sylvie:**     Philippe! Philippe! Philippe!

# QUESTIONNAIRE

1. Qui est blessé?
2. Pourquoi l'homme a-t-il tiré sur Guérin?
3. Qui appelle une ambulance?
4. Mme Guérin reste-t-elle calme?
5. Qu'est-ce qui arrive très vite et à grand bruit?
6. Où Jean Guérin est-il blessé?
7. Est-ce que l'ambulancier s'occupe de Mme Guérin?
8. Où transporte-t-on les Guérin?
9. Pourquoi Philippe ne veut-il pas interroger le patron du café?
10. Qu'est-ce que Philippe essaye de faire?

# 14 Pilevski

*Nous sommes sur la place du petit village de Pons. Sylvie est dans la voiture. Philippe, lui, a fait le tour de la place, à pied. Il avance vers la maison des Guérin, la maison qu'habite Pilevski. Encore quelques mètres et — un coup de feu!*

| | |
|---|---|
| **Sylvie:** | Philippe! . . . . Philippe! |
| **Philippe:** | Ça va, je n'ai rien. Tout va bien. |
| **Sylvie:** | Reviens, reviens vite ici. Philippe! |
| **Philippe:** | Oui, j'arrive. |

*Philippe revient vers la voiture, vers Sylvie. Elle a eu peur; et lui aussi a eu peur. Ce coup de feu. . .*

| | |
|---|---|
| **Sylvie:** | Il a tiré sur toi? |
| **Philippe:** | Non; enfin je ne sais pas. J'ai entendu un coup de feu. |
| **Sylvie:** | Où? |
| **Philippe:** | A l'intérieur de la maison. |
| **Sylvie:** | Cet homme est fou et dangereux. . . |
| **Philippe:** | Nous allons aller au café qui est là et je vais téléphoner à Radio Inter. Je vais expliquer ce qui est arrivé. Tiens, c'est le patron qui va être content! |
| **Sylvie:** | Ton patron, sûrement, mais le Commissaire Lamarche. . . Tu entends? Ecoute. . . |
| **Philippe:** | Les flics ou plutôt les gendarmes. Eh bien, ils ne sont pas pressés. |
| **Sylvie:** | Tu ne peux* pas téléphoner tout de suite? Tu veux attendre les gendarmes? |
| **Philippe:** | Oui, je veux voir ce qu'ils font. Le bonhomme qui est dans la maison va peut-être sortir. |
| **Sylvie:** | Peut-être il va tirer sur les gendarmes. . . |
| **Philippe:** | C'est possible. C'est pourquoi je ne veux pas téléphoner maintenant. Je veux voir ce qui arrive, ici, sur la place du village. |

*Les gendarmes sortent de leur camionnette. Ils doivent être six. Oui c'est ça: deux, quatre, six. Il y a des gens sur la place du village maintenant. Les gendarmes doivent passer; ils donnent des ordres.*

| | |
|---|---|
| **Gendarme 1:** | Allez, s'il vous plaît, dégagez, dégagez! |
| **Gendarme 2:** | Hé vous, Madame, est-ce que vous avez vu ce qui est arrivé? |

| | |
|---|---|
| **Villageoise:** | Moi? Non, je n'ai rien vu, moi, rien du tout. |
| | |
| **Sylvie:** | Tu veux expliquer ce que tu as vu? |
| **Philippe:** | Mais non, si j'explique ce que j'ai vu, les gendarmes vont sûrement m'interroger; je les connais, ils veulent toujours savoir ton nom, ton adresse, ta profession. . . |
| | |
| **Gendarme 1:** | L'homme qui habite cette maison, son nom c'est comment? |
| **Villageoise:** | Pilevski. |
| **Gendarme 1:** | Merci, Madame. |
| **Gendarme 2:** | Alors tout le monde, dégagez s'il vous plaît. |
| **Gendarme 1:** | Allez! Vous devez rentrer chez vous maintenant. |
| **Gendarme 2:** | Deux hommes avec moi. . . Vos mitraillettes. . . Et faites attention; l'homme qui est dans la maison est dangereux. Il est armé. Et venez, suivez-moi. |
| | |
| **Philippe:** | Tu vois cette femme qui a parlé au gendarme? |
| **Sylvie:** | Quoi, la grosse femme? |
| **Philippe:** | Oui. Elle doit habiter ici. Elle doit connaître Pilevski. Je vais l'interroger. Viens avec moi. . . Pardon, Madame, excusez-moi, s'il vous plaît. |
| **Villageoise:** | Oui? |
| **Sylvie:** | Excusez-nous, Madame, est-ce que nous pouvons vous parler un instant? |
| **Villageoise:** | Bah. . . . oui. Seulement je dois rentrer, je dois rentrer à la boutique. |
| **Philippe:** | Ah, je vois, vous habitez ici; vous êtes de Pons. |
| **Villageoise:** | Bien sûr, je suis la bouchère. |
| **Sylvie:** | Alors vous devez connaître tout le monde ici à Pons. |
| **Villageoise:** | Oh oui, je les connais tous, tous ceux qui habitent le village. |
| **Philippe:** | Et. . . et Pilevski? |
| **Villageoise:** | Oh, oui, je le connais, et bien! |
| **Philippe:** | Oui, et alors? |
| **Villageoise:** | Vous savez, moi, je dois dire. . . je connais tout le monde; je suis la bouchère. C'est moi qui tiens la boucherie, c'est moi et mon mari qui tenons la boucherie de Pons. Alors vous pensez! |
| **Philippe:** | Oui, je comprends, je comprends. |
| **Sylvie:** | Patience, Philippe. Si tu veux savoir, tu dois écouter ce qu'elle dit. |

| | |
|---|---|
| Philippe: | Bon, bon, ça va. Alors vous êtes la bouchère de Pons. . . . |
| Villageoise: | Je dois dire que. . . enfin oui. Vous comprenez, il y a une autre boucherie mais tout le monde vient chez moi. |
| Philippe: | Et Pilevski aussi? |
| Sylvie: | Il est client chez vous? |
| Villageoise: | Client! Client. . . quel client! |
| Sylvie: | Pourquoi? |
| Villageoise: | Des clients comme lui. D'abord qui est ce type? Un polonais, un Russe, je ne sais pas moi. En tout cas il n'est pas français. Et puis. . . |
| Philippe: | Et puis? |
| Villageoise: | Eh bien, il a des habitudes bizarres. Je ne sais pas, moi, mais il n'est pas français. |
| Philippe: | Pourquoi? A cause de son nom? Pilevski? |
| Villageoise: | Ah ça je ne sais pas; mais c'est ce qu'il mange. |
| Philippe: | Ah? Qu'est-ce qu'il mange? Du bortsch? Du caviar? |
| Sylvie: | *(à voix basse)* Tais-toi. Qu'est-ce qu'il mange, Madame? |
| Villageoise: | Eh bien, écoutez. Moi, je suis la bouchère de Pons. . . L'autre boucherie, c'est bon pour les animaux, et pour Pilevski. Moi, je vends du veau, du bœuf, de l'agneau, du mouton, du porc, de la volaille, poulets, canards, tout ce que vous voulez. Eh bien, lui, qu'est-ce qu'il achète? |
| Philippe: | Ah là, je dois dire que. . . je ne sais pas, je ne sais vraiment pas. |
| Villageoise: | Des saucisses. Oui, Monsieur, des saucisses. |
| Philippe: | Vos saucisses sont certainement excellentes. |
| Villageoise: | Pur porc, Monsieur, pur porc. Et c'est mon mari qui tue le cochon; alors. . . |
| Sylvie: | Oui, mais. . . Pilevski? |
| Villageoise: | Eh bien, lui, il achète et il mange seulement des saucisses. Moi, je dis que ce n'est* pas normal. |
| Sylvie: | C'est bizarre, je dois dire. . . |
| Philippe: | Bon d'accord, c'est bizarre; mais cet homme, Pilevski, qui est-ce? |
| Villageoise: | Je ne sais pas; mais c'est un drôle. Manger des saucisses tous les jours, ce n'est pas normal, ce n'est pas normal. . . |

*L'ambulance qui transporte l'ingénieur Guérin et sa mère arrive à Toulouse, à l'Hôpital Général de Toulouse. Elle va directement au service des urgences. Les ambulanciers doivent faire vite car l'ingénieur Guérin est gravement blessé. Les infirmières, les médecins, eux aussi, doivent faire vite. C'est une question de vie ou de mort... pour l'ingénieur Guérin. Et pour Pilevski aussi c'est une question de vie ou de mort... Les gendarmes sont devant la maison.*

**Gendarme 2:** *(mégaphone)* Pilevski! Sortez!

**Gendarme 1:** Pilevski!

**Gendarme 2:** Sortez de la maison. Vous devez sortir sans armes et les mains en l'air. Sortez. *(A voix basse, à l'autre gendarme)* Ecoute, je vais l'appeler encore une fois. Toi, tu vas regarder par la fenêtre, tu vas regarder à l'intérieur de la maison.

**Gendarme 1:** D'accord, j'y vais.

**Gendarme 2:** Pilevski! Sortez. Sans armes et les mains en l'air.

**Gendarme 1:** Hé! J'ai regardé par la fenêtre. Je l'ai vu; il est là. Il est mort.

**Gendarme 2:** Tu es sûr?

**Gendarme 1:** Oui. Il est mort. Suicidé!

**Philippe:** Viens vite, Sylvie; je dois téléphoner à Radio Inter immédiatement. Allons au café. Pilevski est mort, suicidé.

# QUESTIONNAIRE

1. Est-ce que Philippe a été blessé?
2. Est-ce que Pilevski a tiré sur Philippe?
3. Qu'est-ce que Philippe veut dire à son patron?
4. Comment appelle-t-on les gendarmes en argot?
5. Combien de voitures amènent les gendarmes?
6. Est-ce que la villageoise refuse de parler à Philippe?
7. Quel genre de boutique tient la dame à qui parlent Philippe et Sylvie?
8. Pilevski est-il client de la bouchère?
9. Pourquoi trouve-t-elle Pilevski bizarre?
10. Les meilleures saucisses françaises sont-elles faites avec du boeuf?

# 15 L'enquête repart

*Le village de Pons. Les gendarmes sont arrivés. Un gendarme s'est approché de la maison de Pilevski; il s'est approché de la fenêtre, il a regardé à l'intérieur, puis il a appelé:*

| | |
|---|---|
| Gendarme 1: | Je l'ai vu. Il est dans la maison. Il est mort. Pilevski est mort; il s'est suicidé. |
| Philippe: | Viens vite, Sylvie. Je dois téléphoner à Radio Inter. Allons au café. Pilevski s'est suicidé. |

*Ils vont rapidement au café qui est en face*

| | |
|---|---|
| Patron du café: | Bonjour, Monsieur-Dame. |
| Philippe: | Bonjour. Vous avez le téléphone? |
| Patron: | Oui, Monsieur. |
| Philippe: | Bien. Sylvie, qu'est-ce que tu veux prendre? |
| Sylvie? | Un café. |
| Philippe: | Oui, moi aussi. Alors, ça fait deux cafés, s'il vous plaît. |
| Patron: | Deux cafés express, entendu. |
| Sylvie: | Pilevski s'est vraiment suicidé, tu crois? |
| Philippe: | C'est ce que le gendarme a dit. |
| Sylvie: | Alors ce coup de feu, ce dernier coup de feu. . . |
| Philippe: | Précisément; il n'a pas tiré sur moi; il s'est suicidé. |
| Sylvie: | Je me demande pourquoi. |
| Philippe: | Moi aussi je me demande. Pourquoi il a tiré sur Guérin et puis pourquoi il s'est suicidé. . . . |
| Patron: | Voici vos cafés, Monsieur-Dame. . . . Ah! Quelle histoire cet après-midi. . . |
| Philippe: | Hé oui. . . |
| Patron: | Moi, je n'ai* pas vu ce qui s'est passé, mais. . . . Il s'est suicidé, hein. |
| Sylvie: | Les gendarmes disent que oui. |
| Patron: | Je l'ai vu ce matin. Il est venu ici ce matin. Il s'est assis là, sur cette chaise, et il a pris un petit verre de vin. |
| Philippe: | Vous l'avez bien connu? |
| Patron: | Oh non. Il est arrivé ici il y a six mois peut-être. |
| Philippe: | Il y a six mois seulement? |
| Patron: | Oui, je crois; je ne me souviens pas exactement. Tenez, voilà les gendarmes qui s'approchent de la maison. |

| | |
|---|---|
| **Sylvie:** | Qu'est-ce qui se passe encore? |
| **Patron:** | Je me demande. |
| **Philippe:** | Ecoute, Sylvie, je dois téléphoner à Radio Inter tout de suite. Je m'excuse, Monsieur, je dois téléphoner, c'est possible? |
| **Patron:** | Oui, allez-y. Le téléphone est là, derrière la porte. C'est pour Toulouse? |
| **Philippe:** | Non, c'est pour Paris. |
| **Patron:** | *(interloqué)* Pour Paris. Oh mais alors! |
| **Philippe:** | Je m'excuse, mais. . . |
| **Patron:** | Ah, il ne faut pas vous excuser; seulement, c'est la première fois, vous comprenez. C'est Josette qui va être contente! |
| **Sylvie:** | Josette? |
| **Patron:** | Oui, Josette, à la poste. |
| **Sylvie:** | Vous n'avez pas l'automatique? |
| **Patron:** | Le téléphone automatique? Non, ici le téléphone, c'est Josette. |
| **Philippe:** | Bon, eh bien je vais appeler Josette. |
| **Patron:** | Elle est très gentille, vous allez voir. |
| **Philippe:** | Crénom. . . Où est la lumière? |
| **Sylvie:** | Hein? Qu'est-ce que tu fais? |
| **Philippe:** | Je ne fais rien. Je suis tombé. |
| **Patron:** | Je m'excuse, j'ai oublié. Attention à la marche! |
| **Philippe:** | Merci. Je me demande où est la lumière. . . |
| **Patron:** | La lumière est à gauche. |
| **Philippe:** | Ah, voilà. Oh, quel beau téléphone! Bon pour le musée. |
| **Sylvie:** | Heureusement il y a Josette. |
| **Philippe:** | Je me demande si ça marche, ce truc-là. Allô. . . Allô, Mademoiselle Josette? . . . . Je dois téléphoner à Paris; c'est urgent. . . Mon numéro ici? Ah, je ne sais pas. . . Où je suis? Chez qui? Je suis au café; attendez. . . Ça s'appelle euh. . . . |
| **Sylvie:** | Monsieur, s'il vous plaît, et votre café il s'appelle comment? |
| **Philippe:** | Ça va, ça va. Josette le sait. Ça s'appelle "Chez Titi." Bon, d'accord. A Paris je veux le 827 40-40. Est-ce qu'il y a de l'attente? C'est très urgent. . . Vous me rappelez? Je m'excuse, mais c'est vraiment très urgent, alors si vous pouvez. . . . Allô, Radio Inter? Ici Philippe Chapel. . .Oui, bonjour. Le patron, s'il vous plaît, au service des informations. . . . Allô, patron? C'est moi, Chapel. . . Je suis à |

Pons; c'est un petit village près de Toulouse. Il se passe quelque chose d'extraordinaire. . . . Vous voulez enregistrer notre conversation? Entendu. . . Eh bien je suis dans le village de Pons, un petit village de mille habitants près de Toulouse. Je suis arrivé ici il y a une heure. Et j'ai assisté à un assassinat et à un suicide; je répète: un assassinat et un suicide; en une heure. Le suicidé; un certain Pilevski qui habite ce village. Sa victime: l'ingénieur Jean Guérin, l'inventeur du fameux Delta SS 2,4. Pour être exact je dois dire que. . . enfin, j'ai dit "assassinat," mais l'ingénieur Guérin n'est peut-être pas mort. Ce qui est sûr c'est qu'il est dans un état grave. De sa petite maison de Pons, Pilevski a tiré sur l'ingénieur, il a tiré deux fois. L'ambulance est arrivée. Ensuite je suis allé vers la maison de Pilevski et j'ai entendu un autre coup de feu. Les gendarmes sont arrivés à leur tour et ils sont là en ce moment sur la place du village.

| | |
|---|---|
| Patron: | Monsieur, vite vite! Venez, il se passe quelque chose. |
| Philippe: | Va vite, Sylvie, j'arrive. Il se passe encore quelque chose; une explosion, je crois. |
| Sylvie: | Philippe! Deux gendarmes, deux gendarmes sont blessés. |
| Philippe: | . . . et j'apprends à l'instant que deux gendarmes sont blessés. Je vais voir ce qui se passe. En tout cas, cette affaire est grave. Le suspect du Bourget, le Delta, l'ingénieur Guérin, Pilevski. . . Ici, sur place, votre reporter Philippe Chapel qui suit cette affaire pour vous. Voilà, patron, c'est tout pour le moment. . . . Comment? . . . Le Commissaire Lamarche est furieux? Parce que j'ai quitté Paris? Eh bien, je m'excuse. . . . Il ne peut pas m'arrêter, vous dites? . . . Oui, d'accord, je vais faire attention. Au revoir. *(A lui-même)* Oui. . . Lamarche, quand il va entendre mon reportage ce soir à Radio Inter, il va être vraiment furieux. |
| Sylvie: | Philippe. Viens; viens vite. |

*Philippe se dépêche. Il quitte la cabine du téléphone. Il sort du café. Il va sur la place de Pons. Sur la place, il y a les gendarmes; il y a aussi beaucoup de monde et il y a Sylvie qui attend Philippe.*

| | |
|---|---|
| Sylvie: | Viens, viens vite. |
| Philippe: | Qu'est-ce qui se passe? |
| Sylvie: | Tu as entendu l'explosion? |

| | |
|---|---|
| Philippe: | Oui, je l'ai entendue du café. Et alors? |
| Sylvie: | Je ne sais pas. Il y a deux gendarmes blessés. |
| Philippe: | Quelqu'un a tiré sur eux, ou c'est une explosion? |
| Sylvie: | Je ne sais pas; je me demande. |
| Philippe: | Viens, nous allons nous approcher et interroger les gendarmes. |
| Gendarme 3: | Allons, dégagez, tout le monde, dégagez s'il vous plaît! Vous devez vous écarter. Allons! Il y a encore quelqu'un dans la maison. Dégagez! |
| Philippe: | Tu entends? Il y a peut-être encore quelqu'un dans la maison. La complice du suspect du Bourget? Je me demande... |
| Gendarme 3: | Allons, dégagez s'il vous plaît! Allons! |
| Philippe: | Je m'excuse, brigadier, mais qu'est-ce qui se passe? |
| Gendarme 3: | J'ai deux hommes blessés. Ils se sont approchés de la maison, ils se sont approchés de la porte et... pan! |
| Philippe: | Quelqu'un a tiré ou c'est une explosion? |
| Gendarme 3: | Une explosion; de la dynamite, une grenade, je ne sais pas... Allons, dégagez! Là! Amenez les blessés! Je vais appeler le capitaine par radio... Allô, allô, ici le Brigadier Germain. Message pour le Capitaine. Nous sommes sur la place de Pons. Nous avons deux hommes blessés. Qu'est-ce que nous devons faire? J'attends vos ordres. A vous. |
| Sylvie: | Philippe; tu crois vraiment que le complice du Bourget est dans la maison? |
| Philippe: | Pourquoi pas? Il y a peut-être un rapport entre les deux hommes du Bourget et Pilevski. Saboter le Delta, tuer Guérin, se défendre contre les gendarmes; c'est logique après tout. |
| Sylvie: | Je me demande. |

# QUESTIONNAIRE

1. Sylvie est-elle sûre que Pilevski s'est suicidé?
2. Dans un café, est-ce qu'on sert seulement du café?
3. Qui est Josette?
4. Y a-t-il un téléphone dans le café?
5. Pourquoi le patron est-il interloqué?
6. Comment s'appelle le café sur la place?
7. Que fait le patron de Philippe au bout du fil?
8. Qu'est-ce qui interrompt le reportage de Philippe?
9. Pourquoi le Commissaire Lamarche va-t-il être furieux?
10. De qui le brigadier attend-il les ordres?

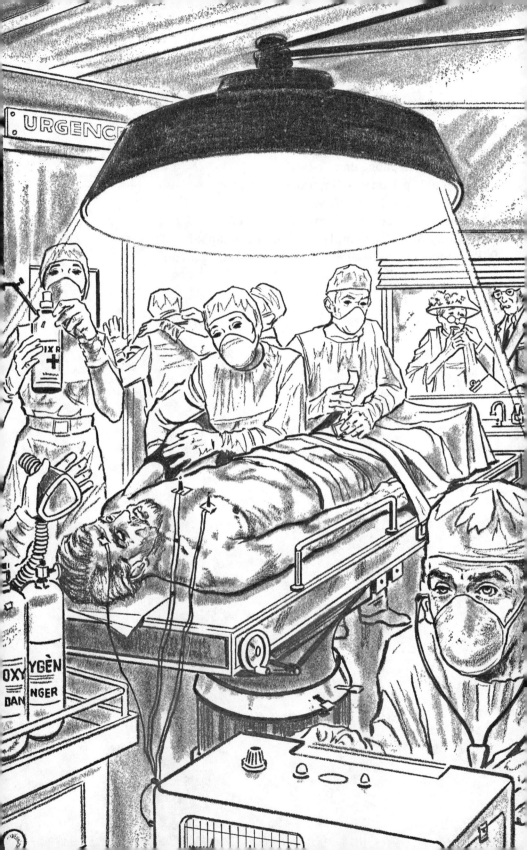

# 16 Entre la vie et la mort

*Nous sommes à l'Hôpital Général de Toulouse. Nous sommes dans le bloc opératoire. Sur la table d'opération, l'ingénieur Guérin. Il est blessé au ventre et à la poitrine. L'opération va être longue et difficile. L'ingénieur Guérin est entre la vie et la mort. Le coeur est faible; la respiration est pénible. Et la tension est basse.*

*Nous sommes maintenant à Aéro-France et, précisément, dans le bureau du Président Directeur Général, le PDG comme on dit, Monsieur Muller-Faure. Il doit sortir bientôt et il va signer une dernière lettre.*

**Muller-Faure:** Oui, c'est bien. . . Veuillez agréer, cher Monsieur, l'expression de mes salutations distinguées. Mm. . . c'est un peu distant, un peu froid, formel, je trouve. . . Veuillez croire, cher Monsieur, à mon excellent souvenir. Muller-Faure. Qu'est-ce que c'est encore?

**Secrétaire:** Monsieur le Président!

**Muller-Faure:** C'est tout de même incroyable! Et le téléphone, ça sert à quoi?

**Secrétaire:** Monsieur le Président, je m'excuse, mais Monsieur l'Ingénieur Guérin —

**Muller-Faure:** Oui, et alors?

**Secrétaire:** Il est mort.

**Muller-Faure:** Hein? Où? Quand? Comment? Qu'est-ce qui s'est passé? Il est mort, vous dites? Jean Guérin? Allons, parlez! C'est un accident de voiture ou quoi?

**Secrétaire:** Non, Monsieur, Et puis non, il n'est pas mort, mais il est entre la vie et la mort. A l'Hôpital Général. Deux coups de fusil. . .

**Muller-Faure:** Mais qu'est-ce que c'est que cette histoire?

**Secrétaire:** L'hôpital vient de me téléphoner. C'est très grave. Un coup de fusil dans la poitrine, l'autre dans le ventre. Il est en ce moment sur la table d'opération et. . . . ça va mal, ça va très mal. Il est entre la vie et la mort.

**Muller-Faure:** C'est arrivé quand?

**Secrétaire:** Je ne sais pas au juste. Vers deux heures, je crois, je ne sais pas, trois heures peut-être. C'est arrivé à Pons.

| | |
|---|---|
| **Muller-Faure:** | Mais enfin, qui a tiré sur lui? Pourquoi? Qui? Je veux savoir qui. Bien. Vous allez prendre note. Je dois parler aux gendarmes. Non, attendez; je dois parler 1) à l'hôpital; 2) au Capitaine de Gendarmerie de Pons, et personnellement, vous comprenez? 3) au Commissaire Lamarche à Paris. Et maintenant il faut faire vite. |
| **Secrétaire:** | Oui, Monsieur le Président. J'appelle immédiatement ces trois numéros.... Allô? ... Bien. Un instant, je vous prie, ne quittez pas... C'est le Commissaire Lamarche, Monsieur le Président. |
| **Muller-Faure:** | Merci. Bonjour, Monsieur le Commissaire. Ecoutez, je vous appelle pour une affaire urgente. Le suspect que vous avez arrêté au Bourget, est-ce que vous connaissez son identité? ... Toujours pas? Et sa nationalité? ... Non? Ecoutez-moi bien; je dois savoir qui est cet homme. Je veux le savoir. Aujourd' hui, vous comprenez? aujourd'hui même.... Ce qui se passe? Il se passe que l'ingénieur Guérin est à l'hôpital, entre la vie et la mort. Un homme a tiré sur lui cet après-midi, deux coups de fusil... Oui, j'ai parlé à la gendarmerie et à la police de Toulouse. Ils ne connaissent pas cet homme. Il s'appelle Pilevski.... C'est bien compris, n'est-ce pas? Je dois savoir qui est le suspect du Bourget et je dois connaître sa nationalité. J'ai un client étranger pour le Delta. Le Delta doit voler demain devant le client.... Vous pouvez m'appeler quand vous voulez. Et pas un mot à la presse. Je compte sur vous. Au revoir Monsieur le Commissaire. |
| **Lamarche:** | Au revoir, Monsieur le Président. Au revoir. C'est facile à dire, ça; "je dois savoir." Zut alors! |

*Le Commissaire Lamarche est furieux. Il veut voir l'Inspecteur Dumas.*

| | |
|---|---|
| **Lamarche:** | Zut, zut, zut.... Zut! |
| **Dumas:** | Ah! Monsieur le Commissaire.... |
| **Lamarche:** | Qu'est-ce que c'est cette musique? |
| **Dumas:** | C'est la radio, Monsieur le Commissaire. |
| **Lamarche:** | Je le vois bien. Et il vous faut la radio pour travailler maintenant? Alors, le suspect, il a parlé, oui ou non? |
| **Dumas:** | Euh... oui; enfin...non. |
| **Lamarche:** | C'est incroyable! |
| **Speaker:** | Ici Radio Inter. |

| | |
|---|---|
| **Lamarche:** | Radio Inter! |
| **Speaker:** | Et voici un flash d'information. Du nouveau dans l'affaire du Bourget. |
| **Dumas:** | Ecoutez. |
| **Speaker:** | Nous apprenons à l'instant que l'ingénieur Jean Guérin, l'inventeur du Delta SS 2,4, a été blessé et qu'il est dans un état grave. |
| **Lamarche:** | Mais comment est-ce qu'ils savent ça à Radio Inter? |
| **Speaker:** | Voici ce que notre reporter, qui est sur place, nous a téléphoné. |
| **Philippe:** | "Ici à Pons, j'ai assisté à un assassinat et à un suicide, je répète: un assassinat et un suicide; en une heure. Le suicidé: un certain Pilevski qui habite ce village. Sa victime, l'ingénieur Jean Guérin, l'inventeur du fameux Delta SS 2,4. Pour être exact, j'ai dit "assassinat," mais l'ingénieur Guérin n'est peut-être pas mort. Ce qui est sûr, c'est qu'il est dans un état grave. Pilevski a tiré sur lui deux fois, deux coups de fusil. . ." |
| **Speaker:** | Vous venez d'entendre un flash d'infor. . . . |
| **Dumas:** | Vous avez entendu, Monsieur le Commissaire? |
| **Lamarche:** | Je ne suis pas sourd; et cette nouvelle, je la connais depuis dix minutes. Et "le reporter de Radio Inter," c'est Chapel, c'est ce petit Chapel. C'est incroyable! Il y a dix minutes, Muller-Faure téléphone de Toulouse. J'apprends la nouvelle et Muller-Faure insiste: "Surtout pas de communiqué à la presse." |
| **Dumas:** | Ça c'est embêtant. . . . |
| **Lamarche:** | Embêtant? Mais c'est catastrophique, vous comprenez: Catastrophique! Il faut trouver et il faut arrêter ce petit Chapel. |
| **Dumas:** | Bien, Monsieur le Commissaire. |
| **Lamarche:** | Et je veux faire ça moi-même. |
| **Dumas:** | Je me demande. . . je me demande pourquoi il est allé à Toulouse. |
| **Lamarche:** | Parce qu'Aéro-France est à Toulouse; mais il sait certainement des choses que nous ne savons pas. Je veux l'interroger; et puis il faut arrêter ces reportages. Et vous, vous allez interroger le suspect. Je veux son nom, sa nationalité, avec qui, pour qui il travaille. Moi, je m'occupe de ce petit Chapel. |

*A Toulouse, Philippe et Sylvie viennent d'arriver à l'hôpital. L'ingénieur Guérin est toujours sur la table d'opération, mais Madame Guérin, elle, est dans une chambre. Elle pleure, elle est hystérique. Philippe et Sylvie l'interrogent.*

| | |
|---|---|
| **Sylvie:** | Et Pilevski? |
| **Philippe:** | Qui est Pilevski? |
| **Mme Guérin:** | C'est... c'est... Il est un ennemi de... de... |
| **Philippe:** | Allez. Allez. Continuez. |
| **Mme G.:** | Un ennemi d'Aé... de mon fils... Oh, je ne sais pas! |
| **Sylvie:** | Oui vous savez. |
| **Mme G.:** | Je ne sais pas, je ne sais pas! |
| **Infirmière:** | Allons, c'est assez. Madame Guérin est très fatiguée. Il faut partir maintenant. |
| **Philippe:** | Mais... |
| **Infirmière:** | J'ai dit: il faut partir. |

# QUESTIONNAIRE

1. Est-ce que la secrétaire de Muller-Faure est très calme?
2. A quelle heure s'est passé l'attentat contre Jean Guérin?
3. Quelles questions se pose le directeur d'Aéro-France au sujet de Jean Guérin?
4. A qui va-t-il téléphoner?
5. Comment le Commissaire Lamarche apprend-il les nouvelles de Toulouse?
6. Pourquoi Muller-Faure doit-il savoir la nationalité du suspect du Bourget?
7. Est-ce que Lamarche va interroger le suspect de nouveau?
8. Qui Lamarche veut-il arrêter lui-même?
9. Pourquoi Chapel est-il allé à Toulouse?
10. Madame Guérin en sait-elle plus qu'elle ne veut admettre?

# 17 Le camion

*Le Delta SS 2,4. Aéro-France. Le Delta doit voler aujourd'
hui; c'est un vol de présentation de cet avion tactique et
secret. Le client, c'est à dire une puissance "étrangère," est
arrivé à Aéro-France et il doit voir le Delta aujourd'hui. Le
pilote vérifie l'appareil.
Tout semble normal à bord. Mais le Président Muller-Faure est
anxieux. Il a appelé le pilote d'essai du Delta dans son bureau.*

**Muller-Faure:** Vous avez bien vérifié le Delta, vous dites?

**Pilote:** Oui.

**Muller-Faure:** Et alors?

**Pilote:** Tout me semble normal.

**Muller-Faure:** Tout vous semble normal, mais avec cet incident du Bourget
et puis maintenant cette histoire avec Guérin. . .

**Pilote:** Vous craignez. . . . Vous avez peur d'un sabotage?

**Muller-Faure:** Qui sait? Seul Guérin peut nous dire si le Delta peut voler.

**Pilote:** A moi, comme pilote, il me semble que oui.

**Muller-Faure:** Je vous répète que seul Guérin peut nous dire oui ou non. Et
quand je dis "voler," je veux dire "voler en toute sécurité."

**Pilote:** Comment va Guérin?

**Muller-Faure:** Mal, très mal. L'hôpital vient de me téléphoner; il est dans le
coma.

**Pilote:** Et le vol de présentation est pour quand?

**Muller-Faure:** Pour aujourd'hui en principe. Je dois parler à notre client tout
à l'heure.

**Pilote:** Il est arrivé?

**Muller-Faure:** Oui, avec un technicien.

**Pilote:** Mais pourquoi un sabotage? Et qui?

**Muller-Faure:** Je ne sais pas. Peut-être le client lui-même avant de négocier
avec nous. Eh? Ou alors une autre puissance étrangère et
rivale. Vous savez, la situation internationale aujourd'hui. . .

**Pilote:** Alors moi, qu'est-ce que je dois faire?

**Muller-Faure:** Attendre mes instructions.

**Pilote:** Entendu; mais je vous répète que le Delta me semble normal.

**Muller-Faure:** Je l'espère, mon cher ami, je l'espère. . .

*D'Aéro-France à Toulouse nous allons à la Préfecture de
Police à Paris. Et là, nous entrons dans le bureau de l'Inspec-
teur Dumas. Dumas est seul avec le suspect du Bourget.
Dumas "l'interroge," comme on dit.*

| Dumas: | Vous allez parler, oui ou non? |
|---|---|
| Suspect: | Non. |
| Dumas: | Et maintenant? |
| Suspect: | Je vous ai dit non. |
| Dumas: | Votre nom? |
| Suspect: | Je ne sais pas. |
| Dumas: | Votre nationalité? |
| Suspect: | Je ne sais pas. |
| Dumas: | Pour qui travaillez-vous? |
| Suspect: | Je ne sais pas. |
| Dumas: | Et maintenant? Pilevski. Qui est Pilevski? Vous connaissez Pilevski. |
| Suspect: | Hein? |
| Dumas: | Pilevski! |
| Suspect: | Connais pas. |
| Dumas: | Oui! |
| Suspect: | Non. |
| Dumas: | Pilevski. Pilevski, je vous dis! Pilevski, Pilevski, Pilevski! . . . . Est-ce que vous allez parler maintenant? . . . . Pour qui travaillez-vous? Vous avez un complice, qui est-ce? |
| Suspect: | Je veux de l'eau, un verre d'eau. |
| Dumas: | Voilà. Est-ce que vous allez parler maintenant? |
| Suspect: | *(il boit)* Oui . . . oui, si vous voulez. |
| Dumas: | Votre complice? Qui est votre complice? Pour qui travaillez-vous? |
| Suspect: | *(Excédé)* Ah, une minute. . . . Je veux boire. *(Il boit)* |

*Nous retournons à Aéro-France et nous entrons dans le bureau du Président Directeur Général, Monsieur Muller-Faure. Le client pour le Delta est arrivé; il est entré dans le bureau et Monsieur Muller-Faure lui a demandé de s'asseoir.*

| Muller-Faure: | Ecoutez, Monsieur, je sais que vous êtes venu ici à Toulouse pour voir le Delta, mais. . . |
|---|---|
| Client: | "Mais" . . . Monsieur le Président? |
| Muller-Faure: | Mais mon ingénieur en chef, enfin, je veux dire l'ingénieur responsable du Delta vient d'avoir un accident. Il faut attendre. |
| Client: | Attendre? Pour le vol de démonstration du Delta, attendre? Non, c'est impossible. Je vous ai dit que mon gouvernement est pressé. Je vous ai expliqué que je suis venu ici avec mon ingénieur technicien et nous voulons voir cet avion. Le Delta peut voler, oui ou non? |

| | |
|---|---|
| Muller-Faure: | Oui, bien sûr. Mais je préfère attendre un peu, disons... deux jours, trois jours maximum. |
| Client: | Et pourquoi? Vous m'avez dit que le Delta est prêt et moi je vous ai expliqué que mon gouvernement est pressé. Alors? |
| Muller-Faure: | Je vous ai dit que l'ingénieur Guérin a eu un accident, voilà tout. C'est pourquoi je préfère attendre deux jours; seulement deux jours, je vous dis. |
| Client: | Je regrette, mais c'est absolument impossible. Nous voulons voir cet avion aujourd'hui ou pas du tout. |
| Muller-Faure: | Tout de même, il faut comprendre... |
| Client: | Je regrette mais je n'ai pas le temps d'attendre. C'est aujourd'hui ou pas du tout. |
| Muller-Faure: | En ce cas... je suis d'accord; je regrette, mais je suis d'accord. |
| Client: | Je vous remercie. Et maintenant il faut faire vite. Nous voulons voir le Delta en vol. Et, bien entendu, mon ingénieur technicien doit voler avec votre pilote. |
| Muller-Faure: | Bien sûr, bien sûr... C'est donc entendu, je vais arranger tout ça. Je peux vous appeler à votre hôtel? |
| Client: | Quand vous voulez. |
| Muller-Faure: | Après déjeuner; il faut encore deux heures pour préparer le vol. |
| Client: | C'est bien. Je vous remercie. Alors, à tout à l'heure. |

*Philippe et Sylvie ont quitté l'Hôpital Général de Toulouse. Ils ont vu Madame Guérin. Ils lui ont parlé, elle leur a répondu, enfin... elle leur a dit des choses très vagues. "Pilevski est un... est un ennemi d'Aé–... de mon fils... oh, je ne sais pas." Alors l'infirmière leur a dit:*

| | |
|---|---|
| Infirmière: | "Allons, c'est assez. Madame Guérin est très fatiguée, il faut partir maintenant." |

*Et ils sont partis. Intrigués par la déclaration de Madame Guérin ils veulent retourner à Pons. Et ils sont maintenant sur la route...*

| | |
|---|---|
| Philippe: | Et maintenant il faut savoir qui est Pilevski. |
| Sylvie: | Madame Guérin nous l'a dit: "c'est un ennemi..." |
| Philippe: | Oui, mais de qui? D'Aéro-France? De son fils? Et pourquoi? Attends, il nous faut de l'essence et voici une station-service... Monsieur, s'il vous plaît, le plein, le plein en super. |
| Pompiste: | Oui, oui, un instant. Je m'occupe de ce camion et j'arrive. |
| Philippe: | Oh, ce pompiste! |

| | |
|---|---|
| Sylvie: | Patience, Philippe, patience. Le camion est arrivé avant nous et puis voilà. |
| Philippe: | Il est énorme, ce camion. Pour faire le plein d'essence il faut sûrement un quart d'heure. |
| Sylvie: | Oui, un camion comme ça, et avec une remorque. . . Oh non, regarde, justement c'est fini. Il va partir. |
| Philippe: | Tant mieux. Hé! Sylvie, regarde. |
| Sylvie: | Qu'est-ce qui se passe? |
| Philippe: | Le chauffeur du camion. Le chauffeur du camion, je le connais, je l'ai vu. Au Bourget. C'est le deuxième homme du Bourget. |
| Sylvie: | Comment? |
| Philippe: | Oui, oui, c est lui; le complice du suspect du Bourget. |
| Sylvie: | Il faut le suivre. |
| Philippe: | Oui, bien sûr. Mais je n'ai pas d'essence. Ah, bon sang! |
| Sylvie: | Le camion va partir. |
| Philippe: | Son numéro, vite, son numéro. |
| Sylvie: | Tu l'as vu? |
| Philippe: | Non. . . . Hé, Monsieur, et mon essence? |
| Pompiste: | Oui, oui, j'arrive. |
| Philippe: | Ah, zut, c'est lui, je le sais, c'est lui, c'est le complice du Bourget. |

# QUESTIONNAIRE

1. Qui est le client d'Aéro-France?
2. Est-ce que le pilote d'essai est satisfait du Delta?
3. De quoi Muller-Faure a-t-il peur?
4. Guérin a-t-il dit si, oui ou non, l'avion pouvait voler en toute sécurité?
5. Quelle méthode d'interrogatoire emploie Dumas?
6. Quand le client veut-il voir la démonstration du Delta?
7. Combien de temps faut-il pour préparer le vol?
8. Quelle qualité d'essence prend la voiture de Philippe?
9. Qui est le chauffeur du camion?
10. Est-ce que Philippe a relevé le numéro du camion?

# 18 Le complice

*Le Delta SS 2,4. . . Aéro-France. . . Le Delta SS 2,4 est sur la piste.*
*Le pilote et le technicien du client sont à bord. On a donné l'ordre*
*d'envol et maintenant on attend, on attend les ordres de la tour de*
*contrôle.*
*Pendant ce temps, à Paris. . .*

**Dumas:** Ecoutez, Monsieur, à la Préfecture on a des ordres et maintenant il faut obéir. . .

*C'est l'Inspecteur Dumas qui parle. Il est venu à Radio Inter; il est*
*dans le bureau du patron de Philippe; il lui explique la situation.*

**Dumas:** Je vous demande votre aide, votre collaboration si vous voulez, et je vous ai expliqué pourquoi.

**Patron:** Oui, je le sais mais il faut comprendre notre situation, ici à Radio Inter. Chapel est reporter, il est journaliste; moi aussi. Et quand on est journaliste, on fait son métier, on suit toutes les affaires intéressantes.

**Dumas:** Moi aussi, je fais mon métier; j'ai des ordres et je dois insister encore une fois.

**Patron:** Mais qu'est-ce que vous voulez exactement?

**Dumas:** Je vous l'ai dit; nous voulons la collaboration de Chapel.

**Patron:** Sa collaboration ou. . . son silence?

**Dumas:** Son silence.

**Patron:** Son silence et le mien.

**Dumas:** Nos ordres sont clairs. On ne veut pas de communiqués, on ne veut pas d'informations sur cette affaire du Delta.

**Patron:** On. Qui "on?"

**Dumas:** On, c'est tout. Et puis, je vais vous dire autre chose. Les reportages de Chapel à Toulouse, c'est terminé. Le Commissaire Lamarche désire l'interroger.

**Patron:** Allô? . . . .Ah, comment; c'est vous? Ben. Où est-ce que vous êtes?

**Philippe:** A Pons, près de Toulouse; un petit village. . .

**Patron:** Bon, bon, d'accord. . . Alors, qu'est-ce qui se passe?

**Philippe:** Ici? C'est incroyable. J'ai découvert le complice du Bourget, ici, à Pons; je l'ai vu près d'Aéro-France.

**Dumas:** Comment: Qu'est-ce qu'il a dit? C'est Chapel, n'est-ce pas? Je veux lui parler.

| | |
|---|---|
| **Patron:** | Un instant. *(A Dumas)* Ceci est une conversation privée, je vous le rappelle. |
| **Dumas:** | Je veux lui parler, je vous dis. |
| **Philippe:** | Allô, patron? Je vous dis que j'ai vu le complice du Bourget. |
| **Dumas:** | Allô, Chapel? Ici l'Inspecteur Dumas. Ecoutez-moi bien . . .Votre complice du Bourget, on l'a a arrêté ce matin, à Paris. |
| **Philippe:** | A Paris? Vous vous trompez; je vous dis que je l'ai vu ici, près de Toulouse. |
| **Dumas:** | Et moi je vous dis que le suspect a parlé et qu'on a arrêté son complice ici ce matin. |
| **Philippe:** | Vous vous trompez, voilà tout. Je le connais cet homme, je l'ai vu. |
| **Dumas:** | Eh bien, si vous le connaissez, vous pouvez rentrer à Paris et vous pouvez l'identifier ici à la Préfecture. Et c'est un ordre. Vous allez rentrer à Paris tout de suite. |
| **Philippe:** | Non. Moi, je reste ici, je veux suivre cette affaire. |
| **Dumas:** | Quelle affaire? Le suspect a parlé; le complice est arrêté; Pilveski s'est suicidé. Cette affaire est terminée, je vous dis. Et puis Aéro-France a décidé le vol du Delta; alors vous voyez que cette affaire est bel et bien terminée. |
| **Philippe:** | Ah? Le vol du Delta est décidé? |
| **Dumas:** | Oui, pour cet après-midi. |
| **Philippe:** | Eh bien merci pour le renseignement, Monsieur l'Inspecteur. Merci beaucoup. Maintenant c'est décidé, je reste; j'ai vraiment quelque chose à faire ici. Au revoir, Monsieur l'Inspecteur. Quel imbécile, ce Dumas; mais quel imbécile! Sylvie, tu as entendu ce qu'il m'a dit? |
| **Sylvie:** | Je ne suis pas sûre. . . |
| **Philippe:** | "On a arrêté le complice, ce matin à Paris." Et puis "le vol du Delta est pour cet après-midi." |
| **Sylvie:** | Qu'est-ce qu'on va faire? |
| **Philippe:** | D'abord on est venu au café pour téléphoner; on va prendre un verre. Tu veux un petit vin blanc? |
| **Sylvie:** | Je veux bien, oui. |
| **Philippe:** | Deux petits vins blancs, s'il vous plaît. |
| **Cafetier:** | Ouais. . . |
| **Philippe:** | On s'assied? Je te dis qu'ils se trompent, à Paris. |
| **Sylvie:** | Alors, tu es sûr qu'on n'a pas arrêté le complice? |
| **Philippe:** | Mais non, on n'a pas arrêté le complice. Nous l'avons vu ici avec son camion. |
| **Sylvie:** | Oui, j'ai vu cet homme, mais je ne le connais pas. |

**Philippe:** Et moi oui. Je sais que c'est lui; on se trompe à Paris. Ça, je le sais. Pilevski, c'est autre chose; je ne sais pas qui il est, mais le complice. . . Merci. Le complice, il faut le retrouver.

**Sylvie:** A ta santé.

**Philippe:** A la tienne. Je t'aime.

**Sylvie:** Je t'aime, tu m'aimes, nous nous aimons. . . Ils s'aiment. On s'aime.

**Philippe:** Nous allons suivre cette affaire et puis nous allons prendre des vacances, tu veux?

**Sylvie:** Où?

**Philippe:** A la montagne, dans les Pyrénées; si tu veux.

**Sylvie:** Oui, je veux.

**Philippe:** Mais, d'abord, il faut suivre cette affaire.

**Sylvie:** D'accord; mais qu'est-ce qu'on peut faire?

**Philippe:** Pour moi, il faut savoir qui est Pilevski; il faut interroger Madame Guérin. La question est simple: pourquoi est-ce que Pilevski a tiré sur Guérin? Et est-ce qu'il y a un rapport entre le complice et Pilevski?

**Sylvie:** Entendu. Je vais voir Madame Guérin. Et toi?

**Philippe:** Eh bien, moi. . . je crois que je vais essayer de retrouver le complice. Le complice et son camion. A propos, ce camion, tu as remarqué quelque chose?

**Sylvie:** Euh. . . non. J'ai vu un gros camion; avec une remorque; un très gros camion; c'est tout. Et puis. . . .

**Philippe:** Et puis quoi?

**Sylvie:** Des choses. . . des choses comme des antennes.

**Philippe:** Justement. Des antennes. Moi aussi, j'ai remarqué ça; des antennes, deux grandes antennes; et ce ne sont pas des antennes pour écouter le "service route" de Radio Inter, je t'assure.

**Sylvie:** Alors pour quoi faire?

**Philippe:** Qui sait? Peut-être pour suivre le vol du Delta, par radio, par radar, je ne sais pas. Vraiment, je ne sais pas, mais il se passe quelque chose, c'est certain. Bon, tu vas voir Madame Guérin et moi je vais essayer de retrouver le complice. . . et ce camion, bon sang, ce camion. . .

*On a vérifié le Delta SS 2,4; tout semble être en ordre; il va donc faire son vol de démonstration devant le client. A bord du Delta, le pilote d'essai d'Aéro-France et le technicien du client.*

**Agent 1:** Ça va, c'est bien, continue. Voilà le petit bois; nous allons prendre à droite et entrer dans le petit bois...

*C'est le fameux camion, le gros camion que Philippe a vu ce matin à la station-service; et dans le camion, il y a deux hommes. Le premier, le chef, il semble, est "le complice du Bourget"; il est l'espion, l'agent que Philippe a vu au Bourget avec le "suspect," avec l'homme qu'on a arrêté.*

**Agent 1:** Arrête ici, c'est parfait. Et maintenant au travail, et en vitesse!

**Agent 3:** Qu'est-ce qu'on fait?

**Agent 1:** Tu vas sortir les antennes radio et moi je vais allumer le générateur. . . . Radio. . . Longueur d'onde, 14. . . .14,2.

**Agent 3:** Les antennes, ça y est.

**Agent 1:** Bon. Tu branches le champ magnétique et tu le règles sur 250. Laser. . . . 144. Maintenant, vas-y; Delta, vas-y, on est prêt, on t'attend!

**Voix:** Allô, Delta, ici la tour de contrôle. Tout va bien; vous pouvez décoller.

# QUESTIONNAIRE

1. Quel genre de collaboration Dumas demande-t-il de Chapel?
2. Qui ne veut pas d'information sur l'affaire du Delta?
3. Quel ordre Dumas donne-t-il à Philippe par téléphone?
4. Pourquoi Dumas croit-il que l'affaire est terminée?
5. Est-ce que Philippe va rentrer à Paris?
6. Qui est-ce l'imbécile?
7. En général que fait-on dans un café?
8. Y a-t-il un rapport entre le complice et Pilevski?
9. A quoi servent des antennes?
10. Qui donne à un avion la permission de décoller?

# 19 Le camion et le Delta

*Le Delta va décoller de la piste d'Aéro-France. Dans la tour de contrôle, on donne les dernières instructions au pilote du Delta.*

**Chef de vol:** Tour de contrôle à Delta. Permission de décoller. A vous.

**Pilote:** Delta à tour de contrôle. Entendu. Suis prêt à décoller. Terminé.

*Dans la tour de contrôle, on peut voir, bien sûr, tout le personnel technique, mais aussi Monsieur Muller-Faure et son client.*

**Muller-Faure:** Vous voyez ce décollage. . . . très impressionnant. Le décollage du Delta est plus court, plus rapide.

**Client:** Ce n'est pas le plus important mais. . . c'est intéressant.

**Pilote:** Delta à tour de contrôle. Décollage normal. Tout va bien à bord. Altitude trois mille pieds. . . Trois mille cinq. . . quatre mille. . . Je continue à dix mille. Terminé.

**Chef de vol:** Tour de contrôle à Delta. Entendu. Vous continuez jusqu'à dix mille pieds. A dix mille vous attendez nos instructions. A vous.

**Pilote:** Delta à tour de contrôle. D'accord. Je suis maintenant à quatre mille huit. A vous.

**Chef de vol:** Tour de contrôle à Delta. Continuez à nous donner votre altitude. Terminé.

**Muller-Faure:** Tout va bien?

**Chef de vol:** Oui, Monsieur le Président. Tout semble normal. Radio, radar, tout va bien. Et la visibilité est bonne.

**Muller-Faure:** Bien. A huit mille pieds, ou à une altitude plus élevée à dix mille pieds, nous allons lui donner des instructions plus précises.

**Chef de vol:** Dix mille pieds. Entendu, Monsieur le Président.

*Nous quittons maintenant la tour de contrôle d'Aéro-France et nous allons plus loin, nous allons dans le petit bois. . . . et là nous retrouvons le camion, le fameux camion du complice.*

**Chef de vol:** Tour de contrôle à Delta. Entendu. Vous continuez jusqu'à dix mille pieds.

**Agent 1:** Vas-y, règle la radio.

| | |
|---|---|
| **Chef de vol:** | A dix mille, vous attendez nos instructions. A vous. |
| **Agent 1:** | Ça va; c'est plus clair maintenant. |
| **Pilote:** | Delta à tour de contrôle. D'accord. Je suis maintenant à quatre mille huit. A vous. |
| **Chef:** | Tour de contrôle à Delta. Continuez à nous donner votre altitude. Terminé. |
| **Agent 1:** | Voilà, c'est très bien, c'est beaucoup plus clair. Maintenant, il faut attendre. . . |

*Pendant ce temps Philippe est allé à Aéro-France. Il veut avertir les services de securité. Il est dans un petit bureau à l'entrée des usines, mais on ne s'intéresse pas à lui.*

| | |
|---|---|
| **Philippe:** | Enfin, c'est incroyable! Je veux parler à vos services de sécurité. |
| **Employé:** | Je regrette, Monsieur; on ne reçoit pas de visiteurs aujourd' hui. J'ai des ordres. |
| **Philippe:** | Mais je ne suis pas un visiteur. J'ai des renseignements très importants, des renseignements plus importants que. . . . |
| **Employé:** | Plus importants que. . . quoi? |
| **Philippe:** | Que vos ordres. |
| **Employé:** | Ah, vous croyez? Eh bien je vais vous dire quelque chose. Mes ordres viennent directement du Président Directeur Général. Alors. . . ? Pas de visiteurs aujourd'hui. |
| **Philippe:** | Je veux lui parler. |
| **Employé:** | A qui? Au Président? A Monsieur Muller-Faure? |
| **Philippe:** | A qui d'autre? Mes renseignements sont plus importants que vos ordres. C'est à propos du Delta. |
| **Employé:** | Non, Monsieur, j'ai les ordres les plus stricts. Pas de visiteurs. |
| **Philippe:** | Est-ce que je peux téléphoner? |
| **Employé:** | Non. |
| **Philippe:** | C'est incroyable. Vous êtes plus obstiné et plus bête que la police, mais. . . . j'ai compris. Alors tant pis, tant pis pour vous, c'est plus grave pour le Delta que pour moi. Ah! Est-ce que je peux laisser un mot pour Monsieur Muller-Faure? |
| **Employé:** | Si vous voulez. . . |
| **Philippe:** | Je vous remercie. *(Il écrit)* "Monsieur le Président, le Delta est en danger. Je le sais. Je connais l'affaire du Bourget. J'ai vu le suspect du Bourget, et son complice. On dit que le complice a été arrêté; ce n'est pas vrai; on se trompe à Paris. J'ai vu le complice ici, avec un énorme camion. Pourquoi est-il ici? Et |

Pilevski? Et Guérin? Je suis sûr qu'il se passe quelque chose. *(Il signe)* Philippe Chapel, journaliste." Voilà. Vous allez donner ce mot à Monsieur Muller-Faure le plus tôt possible.

*A l'Hôpital Général de Toulouse. . . .*

**Sylvie:** Vous êtes plus calme maintenant, Madame. Vous êtes beaucoup plus calme.

**Mme Guérin:** Laissez-moi; laissez-moi. . .

*A l'Hôpital Général de Toulouse, Sylvie est dans la chambre de Madame Guérin. Elle essaie de lui parler.*

**Sylvie:** Ecoutez, Madame, c'est pour le bien de votre fils et d'Aéro-France; nous voulons savoir le plus vite possible. Qui est Pilevski? Pourquoi est-ce que Pilevski a tiré sur votre fils?

**Mme G.:** Je ne sais pas, je ne sais pas; c'est un fou.

**Sylvie:** Mais qui est-ce? Qui est ce Pilevski?

**Mme G.:** Je ne sais pas. . . Le locataire de notre maison de Pons. Oh, laissez-moi, laissez-moi. . .

*D'Aéro-France, Philippe est parti en voiture pour Pons. Le plus important maintenant c'est de retrouver le complice et le camion.*

**Philippe:** *(seul, à lui-même)* Pilevski est mort, mais est-ce que le complice est dans la maison de Pons? Est-ce que c'est lui qui a tiré sur les gendarmes, après, après le suicide de Pilevski?

*Philippe arrive à Pons. Les gendarmes sont devant la maison de Pilevski.*

**Philippe:** Pardon, Brigadier, qu'est-ce qui se passe?

**Gendarme:** On ne sait pas; un fou peut-être.

**Philippe:** Mais. . . . Pilevski est mort; alors qui est dans la maison?

**Gendarme:** On ne sait pas. Il y a encore eu une explosion ce matin.

**Philippe:** Chaque jour cette affaire est plus mystérieuse. . . .

**Gendarme:** Ouais, plus mystérieuse, et plus dangereuse.

**Philippe:** Alors quoi? Il y a quelqu'un dans la maison? Quelqu'un qui se défend?

**Gendarme:** On ne sait pas.

**Philippe:** Dites-moi, Brigadier, vous n'avez pas remarqué un gros camion, un gros camion avec une remorque?

**Gendarme:** Où?

| Philippe: | Ici, dans le village, ou bien près de la maison? |
|---|---|
| Gendarme: | Non... Non, nous n'avons rien remarqué. |
| Philippe: | Merci, Brigadier, merci beaucoup. Et bonne journée. |
| Gendarme: | A votre service, Monsieur. |
| Philippe: | *(seul, à lui-même)* Maintenant il faut réfléchir.... Le complice, et c'est lui, le complice est par ici. Mais il n'est pas dans la maison de Pilevski; le camion n'est pas à Pons. Le camion... Le camion et la remorque, et ces antennes, des antennes plus grandes que pour un simple poste de radio. C'est ça le plus important. |

| Pilote: | Delta à tour de contrôle. Altitude, dix mille pieds. Vitesse, mach un. J'attends vos instructions. A vous. |
|---|---|
| Chef de vol: | Tour de contrôle à Delta. Compris. Cap deux cent soixante-dix, deux, sept, zéro. Faites un passage rapide au-dessus de la piste. A vous. |
| Pilote: | Delta à tour. Compris. Suis en position d'approche. Terminé. Delta à tour de contrôle. J'attends vos instructions. A vous. |
| Chef de vol: | Tour à Delta. Cap deux cent quatre-vingt, deux, huit, zéro. Altitude, montez à douze mille pieds; vitesse, mach un; et attendez nos instructions. |

*Dans le camion le complice et son agent écoutent les communications radio entre la tour de contrôle et le Delta.*

| Agent 1: | Tu es prêt pour le champ magnétique? |
|---|---|
| Agent 3: | Prêt... |
| Agent 1: | Attends mes instructions. |
| Pilote: | Delta à tour. Altitude, douze mille pieds. Vitesse, mach un. A vous. |
| Chef de vol: | Tour à Delta. Compris. Passez à mach un virgule deux. Terminé. |
| Agent 1: | Bien. Il va passer le mur du son... Champ magnétique. Vas-y.... Laser. |
| Pilote: | Delta, Delta, Delta.... |
| Chef de vol: | Tour, tour, tour.... |
| Muller-Faure: | Qu'est-ce qui se passe? |
| Chef de vol: | Je ne sais pas, Monsieur le Président. Le contact radio est coupé. Brouillé d'abord, puis coupé. |
| Muller-Faure: | Appelez le Delta. Allons, plus vite. |
| Chef de vol: | Allô Delta. Tour à Delta. Répondez. Tour à Delta. Tour à Delta. Répondez. |

**Muller-Faure:** Mais essayez, bon sang, essayez encore.

**Chef de vol:** Tour de contrôle à Delta. Tour de contrôle à Delta. Tour de contrôle à Delta. Répondez, répondez...

# QUESTIONNAIRE

1. Comment se passe le décollage du Delta?
2. Qui est dans la tour de contrôle?
3. Qui est dans le petit bois?
4. Où est Philippe?
5. Puisqu'il ne peut pas parler à Muller-Faure, que fait Philippe?
6. Qui est à l'Hôpital Général de Toulouse?
7. Qui est-ce que Philippe cherche à Pons?
8. Y a-t-il quelqu'un dans la maison de Pons?
9. A quelle vitesse le Delta vole-t-il en général?
10. Si un avion accélère de mach 1 à mach 1,2 qu'est-ce qui se passe?

# 20 Brouillage

*Au début de ce vingtième épisode, nous retournons à la tour de contrôle d'Aéro-France. Qu'est-ce qui s'est passé? On ne le sait pas. On a perdu le contact radio avec le Delta; le Delta a passé le mur du son à mach 1,2 et puis. . . Silence. Le silence le plus total. Monsieur Muller-Faure interroge le chef de vol.*

**Muller-Faure:** Mais enfin qu'est-ce qui se passe?

**Chef de vol:** Je ne sais pas; le contact radio est perdu. Il a d'abord été brouillé et maintenant il est complètement perdu.

**Muller-Faure:** Conclusion?

**Chef de vol:** Dans le meilleur des cas c'est une simple panne de radio.

**Muller-Faure:** Une panne de radio à bord du Delta?

**Chef de vol:** Oui, ici tout semble normal.

**Muller-Faure:** Et dans le pire des cas?

**Chef de vol:** Je ne sais pas, Monsieur le Président.

**Muller-Faure:** Allons! Vous êtes chef de vol, vous savez mieux que moi. Répondez-moi.

**Chef de vol:** Eh bien dans le pire des cas. . . il s'est passé quelque chose à mach 1,2.

**Muller-Faure:** Appelez le Delta encore une fois.

**Chef de vol:** D'accord. Tour de contrôle à Delta; tour de contrôle à Delta, répondez. Tour de contrôle à Delta, répondez! Il ne nous entend pas; le contact est coupé.

**Muller-Faure:** Et le radar?

**Chef de vol:** Eh bien. . . eh bien, Monsieur, le radar. . . .

**Muller-Faure:** Allons, dites! Et plus vite!

**Chef de vol:** Je ne sais pas. Je ne vois pas le Delta sur le radar, Monsieur le Président.

**Muller-Faure:** Ça alors, c'est pire que tout. Et mieux encore, Guérin est à l'hôpital, dans le coma. . .!

**Chef de vol:** Un instant,, Monsieur le Président; je vais tout vérifier encore une fois. Un instant, je vous prie.

*Philippe est allé à l'Hôpital Général de Toulouse le plus rapidement possible; il est allé chercher Sylvie et maintenant ils roulent sur la route près d'Aéro-France, à quelques kilomètres plus loin.*

| Philippe: | Tout semble plus clair maintenant; je vois mieux la situation. Il faut retrouver le camion. |
| Sylvie: | Le gros camion avec les antennes... |
| Philippe: | Exactement. A mon avis, c'est ça le plus important. |
| Sylvie: | Mais ce camion, qu'est-ce que c'est? Qu'est-ce qu'il y a dedans? |
| Philippe: | Je n'ai pas la moindre idée. Ce que je sais c'est que j'ai vu le complice; et puis j'ai vu ces grandes antennes. |
| Sylvie: | C'est l'heure des nouvelles. Je mets la radio? |
| Philippe: | Oui, bonne idée... |
| Speaker: | Et maintenant un mot de la situation internationale. Toujours le Moyen Orient. Les choses ne vont pas mieux dans cette partie du monde, au contraire; chaque jour la situation est plus tendue. On annonce de nouveaux achats du matériel de guerre le plus moderne et le plus perfectionné. Ce sont les avions tactiques qui sont le plus demandé. En fait on peut dire que la guerre a commencé. En effet un pays veut empêcher l'autre d'acheter des avions plus rapides et mieux équipés. La guerre n'a pas lieu dans les airs, mais au sol; c'est une guerre d'espionnage, de sabotage peut-être... Et voici l'intermède musical de Radio Inter. |
| Sylvie: | Qu'est-ce qui se passe? |
| Philippe: | L'émission est brouillée; je me demande pourquoi; ce n'est pas normal. |
| Sylvie: | C'est extraordinaire, mais je sais, je sens qu'il se passe quelque chose... |
| Philippe: | Ecoute cette musique; c'est plus clair et puis c'est moins clair... Je sais! C'est comme une interférence magnétique, comme un champ magnétique puissant. Tu entends? La musique s'est arrêtée. Donc... donc nous sommes entrés dans ce champ magnétique; nous sommes plus près... plus près du camion! Le camion, les antennes, le complice, c'est ça! |
| Sylvie: | Oui, mais pourquoi? Pour quoi faire? |
| Philippe: | Pour brouiller le Delta. Le Delta est en vol; le complice cherche à brouiller le contact radio. Et le camion n'est pas loin... Il faut le trouver le plus vite possible. Nous allons continuer sur cette route. |
| Chef de vol: | Tour de contrôle à Delta. Tour de contrôle à Delta. Pas mieux qu'avant, Monsieur le Président. Toujours rien. |

**Muller-Faure:** Et vous avez tout vérifié? Tout est normal ici à la tour de contrôle?

**Chef de vol:** Oui.

**Muller-Faure:** Alors quoi? C'est une panne de radio a bord du Delta, ou bien. . . une explosion?

**Chef de vol:** C'est encore plus bizarre que ça. Je crois que c'est autre chose. C'est comme. . . comme une interférence . . . . magnétique.

**Muller-Faure:** Magnétique?

**Chef de vol:** Vous allez rire peut-être, mais. . . je pense à la possibilité d'une . . . soucoupe volante.

**Muller-Faure:** Une soucoupe volante! Et vous ne pouvez rien imaginer de mieux, de plus scientifique?

**Chef de vol:** Ecoutez, Monsieur le Président, je ne sais pas ce qui se passe; je pense qu'il y a un champ magnétique puissant entre nous, entre la tour et le Delta. C'est tout.

**Muller-Faure:** Conclusion. . . Le Delta est toujours en vol, mais le contact est perdu.

**Chef de vol:** Pour moi, c'est la meilleure hypothèse.

**Muller-Faure:** Et le champ magnétique vient d'une soucoupe volante? C'est idiot!

**Chef de vol:** C'est l'explication la plus simple. . .

**Muller-Faure:** C'est aussi la plus ridicule. Je vais téléphoner au Ministère de l'Air. . . Ou alors, c'est un sabotage.

**Chef de vol:** En tout cas, il y a un champ magnétique quelque part et. . .

**Muller-Faure:** Et quoi?

**Chef de vol:** Et ce champ magnétique est localisé.

**Muller-Faure:** Localisé?

**Chef de vol:** Oui, je veux dire; dirigé, concentré.

**Philippe:** Maintenant la radio ne marche pas du tout.

**Sylvie:** Alors tu penses que nous sommes plus près ou très près du camion?

**Philippe:** Certainement. Tiens, regarde; tu vois ce petit bois, à gauche? Nous allons nous arrêter. . . Le camion est certainement caché quelque part, et pourquoi pas dans ce bois? Nous allons laisser la voiture ici sur la route et nous allons aller à pied, entrer dans le petit bois et. . .

**Sylvie:** Tu veux vraiment?

**Philippe:** Viens.

*Sylvie et Philippe s'avancent lentement, prudemment. Il ne faut pas faire de bruit. Il faut savoir. . . . Est-ce que le camion est caché ici, oui ou non?*
*Et maintenant ils sont dans le bois, sous les arbres.*

| | |
|---|---|
| **Philippe:** | Chut. . ! |
| **Sylvie:** | Le camion! |
| **Philippe:** | Les antennes. Regarde ces grandes antennes. Antenne radio; oreille radar. . . . |
| **Sylvie:** | Qu'est-ce que c'est tout ça? |
| **Agent 3:** | Haut les mains! |
| **Philippe:** | Qu'est-ce que c'est? Qui êtes-vous? |
| **Sylvie:** | Attention. Il est armé. |
| **Agent 3:** | Allez! Plus vite que ça! Haut les mains et montez dans le camion. Allez! Plus vite! |

*Philippe et Sylvie montent dans le camion. Le complice est là, devant des appareils compliqués.*

| | |
|---|---|
| **Philippe:** | C'est lui, je le reconnais, c'est le complice. |
| **Agent 1:** | Taisez-vous! Laser 146. . . 148. . . 150. . . 149. . . |
| **Sylvie:** | Qu'est-ce qu'il fait? |
| **Agent 1:** | Taisez-vous! 147. . . 146. . . 147. . . |
| **Pilote:** | Allô, Delta à tour de contrôle, Delta à tour de contrôle. Est-ce que vous me recevez? Delta à tour de contrôle. J'attends vos instructions. A vous. . . A vous. . . Ici Delta à tour. Terminé. Delta à tour. Répondez. . . Delta. . . . Tous les appareils sont brouillés. Réserve carburant, altitude, vitesse, tout est à zéro. |
| **Chef de vol:** | Ici la tour, ici la tour. Tour de contrôle à Delta. . . |
| **Muller-Faure:** | Il faut savoir ce qui se passe. Je vais téléphoner au Ministère de l'Air. Et nous allons envoyer un de nos avions à la recherche du Delta. Et maintenant essayez de reprendre le contact radio et le contact radar avec le Delta. |
| **Chef de vol:** | Oui, Monsieur le Président. |

*Philippe et Sylvie sont dans le camion; ils sont prisonniers du "complice" et de son agent.*

| | |
|---|---|
| **Sylvie:** | Qu'est-ce qu'ils font avec tous ces appareils? |
| **Philippe:** | Je ne sais pas exactement. Je vois une radio, un radar. . . là un champ magnétique et. . . et un laser. |
| **Agent 1:** | Silence! Vous voyez ce révolver? Eh bien, il est pour vous. Alors vous pouvez vous tenir tranquilles, c'est compris? |

# QUESTIONNAIRE

1. Est-ce qu'une panne de radio met le Delta en danger? Pourquoi?
2. Qu'est-ce qui s'est peut-être passé à mach 1,2?
3. Comment va Jean Guérin?
4. Comment est la situation internationale dans le Moyen Orient?
5. Quel genre de guerre a lieu au sol?
6. Pourquoi le complice a-t-il créé un champ magnétique?
7. Quelle est l'explication la plus simple du champ magnétique?
8. Comment M. Muller-Faure trouve-t-il cette hypothèse?
9. Où Philippe et Sylvie trouvent-ils le camion?
10. Quels renseignements donnent les instruments du Delta?

# 21 Rien ne va plus!

*Le camion. . . Le "complice" et son complice; autrement dit, les deux agents, les deux saboteurs. Radio, radar, laser, champ magnétique, le camion est comme un grand laboratoire. Philippe et Sylvie sont là, dans le camion, prisonniers.*

**Philippe:** Tu vois tous ces appareils; et tu as vu les antennes. . .

**Sylvie:** Oui; elles étaient sur le toit du camion; je les ai bien vues quand nous étions dehors.

**Philippe:** Alors écoute; il faut sortir, il faut sortir de ce camion et changer les antennes.

**Sylvie:** Mais comment veux-tu? Il a un révolver; tout à l'heure quand nous étions dans le bois, il a sorti son révolver, tu le sais bien.

**Philippe:** Je sais, je sais; mais il faut faire quelque chose. On ne peut pas rester ici; Il faut trouver un prétexte, une raison pour sortir d'ici.

**Sylvie:** Oui, mais quoi?

**Philippe:** Je ne sais pas. Je réfléchis. . .

**Sylvie:** J'ai une idée! Je vais dire que je dois faire pipi!

**Agent 1:** Taisez-vous!

**Philippe:** Un instant, s'il vous plaît. . .

**Agent 1:** Silence, je vous dis!

**Sylvie:** Je t'en prie, Philippe, tais-toi, reste tranquille, je t'en prie.

*Monsieur Muller-Faure était dans la tour de contrôle; il était dans la tour avec son client. Maintenant ils sont dans le bureau de Muller-Faure; celui-ci parle à son client.*

**Muller-Faure:** Ecoutez, cher Monsieur, tout ceci est très sérieux.

**Client:** Je suis bien d'accord, mais. . .

**Muller-Faure:** Je veux être le plus clair possible. Le Delta a disparu, n'est-ce pas?

**Client:** Enfin. . . vous avez perdu le contact radio.

**Muller-Faure:** Et le contact radar. J'ai cru que c'était un accident.

**Client:** Comment? A mach 1,2?

**Muller-Faure:** C'était possible; mais c'est autre chose. A la tour, le chef de vol parle d'une interférence magnétique.

**Client:** Oui, je l'ai entendu: "comme s'il y avait une soucoupe volante. . ."

**Muller-Faure:** Eh bien, moi, je ne crois pas à ces choses-là. Bien. Il reste

|  |  |
|---|---|
|  | deux hypothèses. Champ magnétique... Je veux bien. Mais où? Comment? Qui envoie ce champ magnétique? |
| Client: | Et si c'était un ennemi à vous, ou un ennemi à moi, un ennemi de mon pays. |
| Muller-Faure: | Ou si c'était vous-même... Pourquoi pas? |
| Client: | Alors là, je ne comprends pas. |
| Muller-Faure: | Parce que... il y a encore une autre hypothèse. Il y a deux pilotes à bord du Delta, n'est-ce pas? Mon pilote, et votre ingénieur. |
| Client: | Oui, et alors? |
| Muller-Faure: | Et si ce n'était pas un champ magnétique, mais si c'était votre ingénieur qui avait coupé le contact radio.... |
| Client: | Qu'est-ce que vous voulez dire? |
| Muller-Faure: | Vous êtes sûr, absolument sûr de votre ingénieur? |
| Client: | Oui; naturellement. |
| Muller-Faure: | Et si c'était lui... Si c'était un détournement. Oui, Monsieur, un détournement! |
| Client: | Non, Monsieur. Et je vous demande des excuses. |
| Muller-Faure: | Moi, je considère toutes les hypothèses, voilà tout. Imaginez. Vous détournez le Delta. Le Delta arrive dans votre pays et vous connaissez alors tous les secrets de cet avion. A ce moment-là aucun autre pays ne peut ou ne veut acheter cet avion. |
| Client: | Je vous dis que non. |
| Muller-Faure: | Et si c'était vrai? Excusez-moi, mais.... si c'était vrai? Je téléphone au Ministère de l'Air. Excusez-moi, je vous prie. |

*A la Préfecture de Police, à Paris. Le Commissaire Lamarche est dans son bureau. Il est furieux, naturellement. Il téléphone à l'Inspecteur Dumas.*

|  |  |
|---|---|
| Lamarche: | Allô, Dumas?.... Oui, bien sûr c'est moi. Alors?.. Comment? Mais Chapel, voyons! Il était à Toulouse, non? Où est-il maintenant?.... Est-ce que vous avez téléphoné à Toulouse?... Oui? Et la police de Toulouse le recherche? Enfin! ... Chapel était au Bourget. Il a vu le fameux complice. Je veux Chapel ici à Paris, ce soir. Et si j'étais vous, mon cher Dumas... Bon, je compte sur vous.... Imbécile..! |

*Le camion. Les deux agents. Et Philippe et Sylvie prisonniers dans le camion.*

| | |
|---|---|
| Philippe: | Vas-y, demande, demande si tu peux sortir. |
| Sylvie: | Je veux bien, mais. . . Hé, Monsieur, Monsieur! |
| Agent 1: | Taisez-vous! Nous sommes occupés. |
| Sylvie: | Je ne voulais pas vous déranger; je voulais sortir. |
| Agent 1: | Sortir du camion? Non! |
| Sylvie: | Mais c'est que je. . . je veux faire pipi. |
| Agent 1: | Non! |
| Sylvie: | Je m'excuse, mais. . . c'est urgent. |
| Agent 1: | Si vous étiez un bébé. . ! |
| Sylvie: | Monsieur. . . s'il vous plaît. |
| Agent 1: | Patience, bébé, patience. . . |

*Dans la tour de contrôle d'Aéro-France, on est prêt pour le décollage d'un autre appareil. Muller-Faure a décidé de retrouver le Delta. Il a décidé que c'était tout à fait urgent et maintenant l'avion XA5 est sur la piste.*

| | |
|---|---|
| Pilote XA5: | XA5 à tour de contrôle. Suis en position de décollage. Je demande permission de décoller. A vous. |
| Chef de vol: | Tour à XA5. Permission de décoller. Terminé. |
| Muller-Faure: | Alors c'est bien entendu, n'est-ce pas? |
| Chef de vol: | Oui, Monsieur le Président. |
| Muller-Faure: | Le XA5 va prendre son altitude, passer le mur du son, prendre le cap 270, puis le cap 300, puis le cap 330, puis le cap 360. |
| Chef de vol: | Oui, oui, c'est entendu. C'est un de nos meilleurs pilotes; il était dans l'aviation de chasse et il a la plus grande expérience. |
| Muller-Faure: | Vous pouvez l'appeler et lui demander sa position. |
| Chef de vol: | Tour de contrôle à XA 5. Donnez votre position. A vous. |
| Pilote: | XA5 à tour. Position cap 240, 2,4,0; altitude dix mille; vitesse, mach 1. Tout est normal à bord. J'attends vos instructions. Terminé. |
| Chef de vol: | Tour de contrôle à XA5. Donnez votre vitesse et votre altitude. A vous. |
| Pilote: | XA5 à tour. Altitude, douze mille. Vitesse mach 1 virgule 1. . virgule 1 et demie. Je vais passer le mur du son. . . . Mach 1 virgule 3. A vous. |
| Chef de vol: | Tour de contrôle à XA5. Cap 270 et allez jusqu'à mach 2. Je répète; cap 270, 2,7,0. Terminé. |
| Agent 1: | Et maintenant il faut brouiller le XA5. |

| | |
|---|---|
| **Agent 3:** | Impossible. Si je brouille le XA5 je brouille aussi la tour de contrôle; et dans ce cas la tour peut connaître notre position. |
| **Agent 1:** | Il faut le brouiller sans brouiller la tour. C'était possible pour le Delta, alors pourquoi pas pour le XA5? |
| **Agent 3:** | Parce que nous avons un seul laser. Le laser dirige le champ magnétique sur le Delta mais pas sur le XA5. |
| **Agent 1:** | Il faut brouiller le XA5. |
| **Agent 3:** | Ce n'est pas possible ou alors je brouille tout. Ou alors je brouille le XA5, mais pas le Delta et il retrouve son contact radio et tous ses instruments. |
| **Agent 1:** | Je dis: il faut brouiller. Coupe le laser. |
| **Agent 3:** | Je refuse! |
| **Agent 1:** | Eh bien, je vais le faire, moi! |
| **Agent 3:** | Non! |

# QUESTIONNAIRE

1. Les deux agents dans le camion essaient de rendre impossible la démonstration du Delta; ce sont des quoi?
2. Pourquoi Philippe cherche-t-il à sortir du camion?
3. Sylvie trouve-t-elle un prétexte?
4. Où sont M. Muller-Faure et son client pour discuter de la situation?
5. Il y a 3 hypothèses pour expliquer la disparition du Delta. Quelles sont-elles?
6. Quand Muller-Faure suggère la possibilité d'un détournement, que demande le client?
7. A qui Muller-Faure téléphone-t-il?
8. Où Lamarche veut-il parler à Philippe Chapel?
9. Que fait Muller-Faure pour retrouver le Delta?
10. De quoi l'agent 3 aurait-il besoin pour brouiller le XA5 sans brouiller la tour?

# 22 La revanche du Commissaire Lamarche

*A la fin du dernier épisode nous étions dans le camion. Les deux hommes, les deux saboteurs n'étaient pas d'accord. Le premier voulait brouiller le XA5, le second ne voulait pas. Nous allons maintenant retourner en arrière et entendre cette discussion encore une fois.*

| | |
|---|---|
| **Agent 1:** | Il faut brouiller le XA5. |
| **Agent 3:** | Ce n'est pas possible, ou alors je brouille tout. Ou alors je brouille le XA5, mais pas le Delta et il retrouve son contact radio et tous ses instruments. · |
| **Agent 1:** | Je dis: il faut brouiller. Coupe le laser. |
| **Agent 3:** | Je refuse! |
| **Agent 1:** | Eh bien, je vais le faire, moi! |
| **Agent 3:** | Non! |
| **Sylvie:** | Vite, Philippe, c'est le moment. |
| **Philippe:** | Viens, nous allons sortir du camion par devant. Vas-y, passe la première. . . . |
| **Agent 1:** | Arrêtez! Arrêtez! |
| **Philippe:** | Plus vite, cours plus vite! Plus vite! |
| **Sylvie:** | Je ne peux pas. |
| **Philippe:** | Par ici. . . derrière ces arbres. . . . Là. . .! ça va maintenant; nous sommes en sécurité. |
| **Sylvie:** | Oh, Philippe. . . . J'avais si peur, je ne pouvais pas courir plus vite; j'avais les jambes coupées. |
| **Philippe:** | Oui, je sais, ma chérie, moi aussi. Ça va mieux maintenant? |
| **Sylvie:** | Oui, ça va mieux, merci. |
| **Philippe:** | Alors, viens, suis-moi; retournons vite à la voiture. . . |

*La tour de contrôle d'Aéro-France.*

| | |
|---|---|
| **Chef de vol:** | Allô XA5, allô XA5. Tour de contrôle à XA5, répondez. |
| **Muller-Faure:** | Mais, qu'est-ce qui se passe maintenant? |
| **Chef de vol:** | Je ne comprends pas. Tout était normal, le contact radio était parfait et puis. . . |
| **Muller-Faure:** | D'abord le Delta; maintenant le XA5 Je n'étais pas sûr, mais maintenant c'est certain; c'est du sabotage. |
| **Chef de vol:** | Je le savais; je vous le disais; c'est une interférence magnétique. |
| **Muller-Faure:** | Il semble que vous aviez raison. |

| | |
|---|---|
| **Chef de vol:** | Sabotage ou autre chose, je ne sais pas. |
| **Muller-Faure:** | ·Qu'est-ce que vous pouvez faire? |
| **Chef de vol:** | Il faut savoir où est ce champ magnétique, il faut le localiser. Le localiser et le neutraliser, bien sûr. |
| **Muller-Faure:** | Bon. Essayez de reprendre le contact. Moi, j'appelle les services de sécurité. |
| | |
| **Philippe:** | Enfin, on y est. Monte vite dans la voiture. Et maintenant il faut aller à Aéro-France, et en vitesse! |
| **Sylvie:** | Dis-moi; l'homme dans le camion, le plus petit des deux, il est mort, tu crois. |
| **Philippe:** | Je ne sais pas, je ne l'ai pas bien regardé. |
| **Sylvie:** | Il était couché par terre, il ne bougeait pas, comme s'il était mort, électrocuté. |
| **Philippe:** | Je me demande. En tout cas, l'autre, le plus grand, il était bien vivant, lui, avec son révolver. Et maintenant Aéro-France... |
| **Sylvie:** | La police! |
| **Philippe:** | Hein? J'espère que ce n'est pas pour nous. |
| **Sylvie:** | Ils savent peut-être où est le camion. |
| **Philippe:** | Si c'était vrai... mais je ne le pense pas. |
| **Sylvie:** | Tu avais raison; c'est pour nous. |
| **Philippe:** | Bande d'imbéciles. Ah, ces flics! |
| **Policier:** | C'est vous Philippe Chapel? |
| **Philippe:** | Non. |
| **Policier:** | Allons, pas d'histoires. C'est vous et ceci est bien votre voiture. |
| **Philippe:** | Qu'est-ce que vous me voulez? Je suis pressé, moi. |
| **Policier:** | Nous vous arrêtons. Et vous aussi, Mademoiselle. |
| **Philippe:** | Mais vous êtes fou! |
| **Policier:** | Ordres de Paris. |
| **Philippe:** | Ah! le Commissaire Lamarche sans doute. |
| **Policier:** | Oui, ordres du Commissaire Lamarche. |
| **Philippe:** | Quel imbécile celui-là. |
| **Policier:** | Allons, vous, ça suffit, hein! Suivez-nous. |
| **Sylvie:** | Ecoutez, Monsieur l'agent, écoutez-moi, s'il vous plaît. Quand vous êtes arrivés nous allions à Aéro-France et .... |
| **Policier:** | Ah? Vous alliez à Aéro-France? Eh bien c'était peut-être votre intention, mais maintenant vous allez venir avec nous à Toulouse, et de là à Paris. Allons, venez avec nous. |

| | |
|---|---|
| **Philippe:** | Ça alors, c'est incroyable! Ecoutez-moi. Il y a un instant, nous étions dans ce petit bois et là il y a un camion et des espions, des saboteurs. |
| **Policier:** | Très intéressant. Si vous voulez, vous pouvez expliquer tout ça au Commissaire Lamarche à Paris. C'est assez maintenant. Venez avec nous, et plus vite que ça. |
| **Sylvie:** | Qu'est-ce que tu fais? |
| **Philippe:** | Je le plaque et je pars. |
| **Policier:** | Arrêtez votre moteur. Et haut les mains! Je vous arrête *(appelle deux autres policiers).* Hé! Venez m'aider. *(A Philippe et Sylvie)* Et maintenant sortez de votre voiture. . et montez dans la camionnette. Allez! plus vite que ça. |
| **Philippe:** | Lâchez-moi! |
| **Policier:** | Plus vite que ça, je vous dis. Montez! Et vous aussi, Mademoiselle. |
| **Sylvie:** | Ne me touchez pas. |
| **Policier:** | Allez, montez! |
| **Pilote:** | Delta SS 2,4 à tour de contrôle. Delta SS 2,4 à tour de contrôle. Est-ce que vous m'entendez? . . . . Delta à tour. Je vous appelle. Je ne vous entends pas. . . . Delta à tour. Ecoutez bien si vous m'entendez. Tous mes instruments sont brouillés. Altimètre, zéro. Vitesse, zéro. Boussole, zéro. Carburant, zéro. Contact radio perdu à mach 1,2. Moteurs, tout va bien. Ici Delta SS 2,4 à tour de contrôle. Si vous m'entendez, écoutez bien. J'ai pris la décision d'atterrir. Je reviens. Je vole sans instruments. Je me mets en position d'approche. . . . Delta à tour. Est-ce que vous m'entendez? Delta à tour. . . Tout va bien à bord mais je suis sans instruments. Je suis en position d'approche. Je descends. Je ne connais pas mon altitude, je ne connais pas ma vitesse; je suis en supersonique, c'est tout ce que je sais. Visibilité moyenne, mais je vois un orage, un orage qui se prépare. Nuages. Je peux estimer mon altitude par les nuages. C'est tout. Delta à tour. Est-ce que vous m'entendez? . . . . Je descends. Je vais essayer de me poser. Ma réserve de carburant doit être basse. Je ne sais pas; mais je ne prends pas de risques; je rentre. Je descends. Si vous ne m'entendez pas, si le contact radio est coupé, je suppose que vous allez m'entendre passer mach 1,2. Après mach 1,2 si la visibilité est bonne je me mets en position d'approche. . . . Et j'essaie, j'essaie de me poser. Ici Delta, Delta. . . Terminé. |

*Au Poste de Police de Toulouse. . . .*

| | |
|---|---|
| **Philippe:** | Je vous répète que cette affaire est très grave. |
| **Sylvie:** | Est-ce que nous pouvons téléphoner au moins? |
| **Policier:** | Non, non, pas question. |
| **Philippe:** | Laissez-moi au moins téléphoner à Aéro-France. |
| **Policier:** | Pas question, je vous dis. J'ai mes ordres. Vous partez pour Paris, par le premier train, et sous escorte. |
| **Philippe:** | Quoi? Pour voir le Commissaire Lamarche? Alors que tout se passe ici? Si seulement vous vouliez me croire. . . |
| **Pilote:** | Delta à la tour. Delta à la tour. Je descends. Instruments brouillés. Je crois que je vais passer mach 1,2. Terminé. |

# QUESTIONNAIRE

1. Est-ce que les saboteurs sont toujours d'accord entre eux?
2. Où retournent Philippe et Sylvie en courant?
3. Qu'est-ce qui se passe à la tour de contrôle d'Aéro-France?
4. Qu'est-ce qu'on entend derrière la voiture de Philippe?
5. Que veut la police?
6. Par ordre de qui le policier arrête-t-il Philippe et Sylvie?
7. A quelle vitesse vole le Delta?
8. Un avion supersonique peut-il voler sans carburant?
9. Par quoi le pilote estime-t-il son altitude?
10. Qu'est-ce qu'on entend quand l'avion passe mach 1,2?

# 23 Orage

| | |
|---|---|
| **Pilote:** | Delta à tour de contrôle, Delta à tour. Je ne vous entends pas. Est-ce que vous m'entendez? Instruments toujours à zéro. J'estime ma vitesse à mach 1; altitude à huit mille. Je vois un gros orage qui se prépare. Je me mets en position d'approche visuelle. Je vais essayer de me poser. Terminé. |

*L'orage a éclaté sur Toulouse. Gros nuages noirs, coups de tonnerre, pluie torrentielle. A la tour de contrôle d'Aéro-France on a entendu le Delta passer le mur du son. C'est donc que le Delta va atterrir, va essayer en tout cas. Muller-Faure interroge le chef de vol.*

| | |
|---|---|
| **Muller-Faure:** | Ces nuages sont à quelle altitude? |
| **Chef de vol:** | Ils sont bas, trop bas. . . |
| **Muller-Faure:** | Je le vois bien! |
| **Chef de vol:** | La visibilité n'était déjà pas bonne, mais maintenant avec cette pluie. . . et cet orage. . . |
| **Muller-Faure:** | Quelles sont les chances du Delta? |
| **Chef de vol:** | Elles n'étaient pas bonnes, elles sont pires. |
| **Muller-Faure:** | Et le XA5? |
| **Chef de vol:** | Quand il a décollé, il avait le plein de carburant, alors ça va; le XA5 a le temps. |
| **Muller-Faure:** | Et le Delta, lui, n'avait pas le plein. . . . |
| **Chef de vol:** | Ce n'était pas nécessaire; et ça faisait une différence au décollage. |
| **Muller-Faure:** | Ça faisait une petite différence et maintenant ça va faire toute la différence. |

*Au Poste de Police de Toulouse. Philippe et Sylvie attendaient dans un bureau quand un inspecteur de police est arrivé.*

| | |
|---|---|
| **Insp. Nougarède:** | Alors c'est vous Philippe Chapel? |
| **Philippe:** | Je crois, oui. . . |
| **Sylvie:** | Et moi je suis Sylvie Mounier. |
| **Nougarède:** | Bon. Nous partons pour Paris dans vingt minutes. Je suis l'Inspecteur Nougarède. |
| **Philippe:** | Monsieur l'Inspecteur, je vous en prie, il faut m'écouter. On se trompe à Paris, on se trompe, je vous dis. |

| | |
|---|---|
| Nougarède: | C'est possible, mais ce n'est pas mon affaire. |
| Sylvie | Monsieur l'Inspecteur, écoutez-le. Si vous saviez ce que nous savons. |
| Philippe: | Laissez-moi téléphoner à Aéro-France. Il y a des espions dans le petit bois où nous étions, des saboteurs. |
| Sylvie: | Nous étions dans le petit bois, nous les avons vus; nous étions prisonniers dans leur camion. |
| Philippe: | Ils essaient de saboter le Delta SS 2,4. |
| Nougarède: | Comment? |
| Philippe: | Par un champ magnétique. |
| Nougarède: | Vous êtes certains? |
| Philippe: | Oui; nous étions avec eux dans le camion, un camion laboratoire. |
| Sylvie: | Laissez-nous téléphoner à Aéro-France. |
| Philippe: | Mieux encore. Vous, Monsieur l'Inspecteur, téléphonez à Aéro-France et demandez Monsieur Muller-Faure, le Président Directeur Général. |
| Nougarède: | D'accord, je veux bien téléphoner, mais je ne vais pas déranger le Président. |
| Sylvie: | Je vous en prie, faites vite. |
| Nougarède: | Bien; d'accord.... Allô, ici l'Inspecteur de Police Nougarède. Je désire parler aux services de sécurité. |
| Philippe: | Non, non! A Monsieur Muller-Faure... |
| Nougarède: | Non, donnez-moi Monsieur Muller-Faure. . . . Comment? Vous ne pouvez pas? Il est dans la tour de contrôle? |
| Philippe: | Vous voyez bien! Il s'occupe personnellement de cette affaire. |
| Nougarède: | Ecoutez. C'est très urgent. Donnez-moi Monsieur Muller-Faure. Dites-lui que nous avons des informations sur un champ magnétique.... *(A Philippe et Sylvie)* Je crois que nous allons avoir Monsieur Muller-Faure à l'appareil. Prenez l'écouteur. |
| Philippe: | Merci. |
| Muller-Faure: | Oui, qu'est-ce que c'est? |
| Nougarède: | Monsieur le Président, j'ai ici quelqu'un qui a des informations sur un champ magnétique... |
| Muller-Faure: | Vraiment? Alors vite, s'il vous plaît. |
| Nougarède: | Ils étaient dans un petit bois près de la route nationale et ils ont vu un camion, un camion laboratoire qui envoyait un champ magnétique. |

| | |
|---|---|
| Muller-Faure: | Cette personne est avec vous? |
| Nougarède: | Oui, c'est un certain Philippe Chapel. |
| Muller-Faure: | Bien. Maintenant écoutez-moi bien. Ceci est de la plus haute importance. Prenez avec vous tous les hommes que vous pouvez. Des hommes armés. Allez avec eux et avec Chapel. Chapel peut vous conduire au camion, je suppose. Il faut neutraliser ce camion et au plus vite. Le neutraliser, le détruire; c'est compris? Et remerciez Monsieur Chapel pour moi. |
| Nougarède: | Oui, Monsieur le Président. Tout de suite.... Bravo. Je vous félicite tous les deux. Et maintenant, mes amis, allons-y et en vitesse. |

| | |
|---|---|
| Nougarède: | Ce petit bois où vous étiez, vous vous souvenez où il était? |
| Philippe: | Oui, bien sûr, je connais le chemin. |
| Nougarède: | Alors montez avec moi dans ma voiture. Les hommes vont nous suivre dans la camionnette. Allons-y! |

*Douze policiers armés dans la camionnette; et dans la voiture de l'Inspecteur, Philippe et Sylvie. La voiture roule à toute vitesse. Il faut arriver au petit bois le plus vite possible.*

*La tour de contrôle d'Aéro-France. On a maintenant meilleur espoir, naturellement. Cependant Monsieur Muller-Faure est toujours inquiet.*

| | |
|---|---|
| Muller-Faure: | J'espère qu'ils vont trouver le camion, et vite. |
| Chef de vol: | Si j'appelais le Delta encore une fois? |
| Muller-Faure: | Oui, allez-y. |
| Chef de vol: | Tour de contrôle à Delta, tour de contrôle à Delta. M'entendez-vous? Tour à Delta... |
| Muller-Faure: | Ah, si seulement il pouvait nous entendre maintenant.. Vous pensez vraiment qu'il veut atterrir? |
| Chef de vol: | Ça me semble logique. Il a repassé le mur du son et puis tout à l'heure il est passé au-dessus de nous et il était très bas. |
| Muller-Faure: | Mais enfin pourquoi? Pourquoi si vite? Il a encore assez de carburant pour un quart d'heure. |
| Chef de vol: | Sans doute, mais il ne le sait pas. Ses instruments sont brouillés, sûrement. S'il le savait, évidemment... Mais il ne veut pas prendre de risque, je suppose. |

| | |
|---|---|
| **Muller-Faure:** | Avec cet orage au contraire, il prend tous les risques. |
| **Chef de vol:** | Il avait certainement déjà décidé de redescendre quand l'orage a éclaté. |
| **Muller-Faure:** | Oui, je sais; dans ces circonstances c'était certainement la meilleure solution. Appelez-le encore. |
| **Chef de vol:** | Tour à Delta. Tour à Delta. M'entendez-vous? Tour à Delta. . . |
| **Muller-Faure:** | Sonnez l'alarme pour les ambulances et les services d'incendie. |
| **Chef de vol:** | Voilà. . . . Le voilà! |
| **Muller-Faure:** | Il est encore plus bas. Appelez-le encore. |
| **Chef de vol:** | Tour à Delta. Allô Delta. M'entendez-vous? Tour à Delta, tour à Delta. . . . Allô Delta, allô Delta. N'atterrissez pas, n'atterrissez pas. . .! |

# QUESTIONNAIRE

1. De quelle couleur sont les nuages?
2. A quelle hauteur sont les nuages?
3. Combien de carburant a le XA5?
4. Qui doit escorter Philippe et Sylvie à Paris?
5. A qui téléphone l'Inspecteur Nougarède?
6. Quelles instructions donne M. Muller-Faure à l'Inspecteur Nougarède?
7. Qui va conduire la police au camion?
8. Est-ce que Nougarède félicite quelqu'un?
9. Le Delta vole-t-il toujours très haut?
10. Pourquoi sonne-t-on l'alarme?

# 24 Course contre la montre

**Philippe:** C'est le Delta! Vous l'avez entendu, Monsieur l'Inspecteur?

**Nougarède;** C'est le Delta? Vous en êtes sûr?

**Philippe:** Oui, j'en suis certain.

**Nougarède:** Il était terriblement bas, non?

**Philippe:** Il va certainement se poser... Sans contact radio, sans rien.

**Nougarède:** Est-ce que nous sommes encore loin?

**Philippe:** Je n'en suis pas sûr. Sylvie, qu'est-ce que tu en penses?

**Sylvie:** Avec cet orage, avec cette pluie, on ne voit pas grand-chose... C'est difficile de reconnaître la route.

**Nougarède:** Sommes-nous sur la bonne route au moins?

**Philippe:** Ah oui, ça j'en suis sûr. Attendez.... Cette petite ferme là, à droite, je m'en souviens. Il me semble que ce n'est plus loin maintenant. Quatre ou cinq kilomètres peut-être....

**Nougarède:** Encore! Chauffeur, roulez plus vite.

**Chauffeur:** Mais je ne peux pas, Monsieur l'Inspecteur. Je ne peux pas aller plus vite; avec cette pluie je n'y vois rien.

**Nougarède:** J'ai dit: plus vite! Plus vite, vous entendez?

**Pilote:** *(à lui-même)* Instruments... Radio, pas de contact. Carburant, zéro. Vitesse, zéro. Altimètre, zéro. Visibilité... zéro! Et pourtant il faut atterrir, il faut, il faut! Tant pis, j'y vais, je fais ma dernière passe et j'y vais. A travers les nuages et... avec un peu de chance, la piste, la piste d'Aéro-France...!

*Dans la tour de contrôle d'Aéro-France, avec chaque minute, avec chaque seconde qui passe, les espoirs sont plus faibles.*

**Muller-Faure:** Appelez le Delta une dernière fois.

**Chef de vol:** Oui, Monsieur. Tour de contrôle à Delta, tour de contrôle à Delta. Est-ce que vous m'entendez? Allô, Delta...

**Muller-Faure:** Ce n'est pas croyable!

**Chef de vol:** Allô, Delta. Est-ce que vous m'entendez? N'atterrissez pas! Il faut tenir encore quelques minutes, quelques minutes seulement. Allô, Delta, allô Delta....

**Muller-Faure:** Toujours rien?

**Chef de vol:** Non, rien.

**Muller-Faure:** Mais enfin qu'est-ce qu'ils font? Qu'est-ce qu'il attend cet inspecteur avec ses hommes?

| | |
|---|---|
| **Chef de vol:** | Où était-il quand il a téléphoné? |
| **Muller-Faure:** | Il était. . . il était au Poste de Police, je suppose. |
| **Chef de vol:** | En ce cas. . . S'il était en ville, le temps de sortir de la ville, de suivre la route. . . |
| **Muller-Faure:** | Il faut continuer à appeler Delta; on ne sait jamais. |
| **Chef de vol:** | D'accord. Tour de contrôle à Delta, tour de contrôle à Delta. . . M'entendez-vous? Allô Delta, allô Delta. . . |
| | |
| **Nougarède:** | Vous êtes sûrs que nous sommes sur la bonne route? |
| **Sylvie:** | Oui, j'en suis sûre. |
| **Philippe:** | Moi aussi. Et nous allons voir ma voiture dans un instant, sur le bord de la route. |
| **Sylvie:** | La voilà! |
| **Philippe:** | Et voilà le petit bois. |
| **Nougarède:** | Ça y est, chauffeur, nous y sommes. Arrêtez-vous derrière la voiture. . . Bien. Voilà notre camionnette qui arrive. Monsieur Chapel. . . . |
| **Philippe:** | Oui? |
| **Nougarède:** | Le camion, où était-il exactement? |
| **Philippe:** | Sous les grands arbres que vous voyez là-bas. |
| **Nougarède:** | Dans le bois? |
| **Sylvie:** | Oui, il faut entrer dans le bois et aller là où vous voyez les grands arbres. |
| **Philippe:** | Nous allons vous y conduire. |
| **Nougarède:** | Non, pas question. J'ai mes hommes; ils sont armés. Allez, pas de temps à perdre. . . . Attention, tout le monde! Vous voyez les grands arbres là-bas dans le bois? C'est là qu'est le camion. Vous allez avancer par quatre groupes de trois hommes. Quand vous voyez le camion, tirez. Pas de sommation. Tirez et détruisez le camion. Et en vitesse. Allez-y! |
| **Sergent:** | Bien, Monsieur l'Inspecteur. *(A ses hommes)* Allons! Par groupes de trois hommes. Avancez. Et à mon commandement, tirez! Tirez d'abord sur les réservoirs à essence. Avancez! Plus vite! Vers les grands arbres. . . |
| **Nougarède:** | Mademoiselle, Monsieur Chapel, vous pouvez m'attendre dans la voiture. J'y vais avec mes hommes. |
| **Sylvie:** | Oh non! Nous allons avec vous. |
| **Philippe:** | Bravo, Sylvie. |
| **Nougarède:** | Si vous voulez; mais restez derrière moi. Allons-y! |

*Les douze hommes, armés, courent dans le bois. L'Inspecteur,*
*Philippe et Sylvie, les suivent. Les nuages sont toujours très*
*bas et l'orage continue.*

Nougarède: Vous êtes sûr qu'il était là, le camion? Sous les grands arbres?

Philippe: Oui, j'en suis sûr. Continuons et vous allez voir. Suivez-moi.

Sergent: Monsieur l'Inspecteur!

Nougarède: Qu'est-ce qui se passe?

Sergent: Nous y sommes! Le voilà!

Nougarède: Eh bien tirez, crénom!

Sergent: Tirez! Feu à volonté!

Philippe: J'espère qu'ils vont détruire le camion, et vite.

Sergent: Le Delta! Il va atterrir.

Philippe: Vite! Le camion!

Nougarède: Ça y est. Le camion a pris feu. Il flambe.

Philippe: Bravo! Le Delta peut atterrir maintenant.

Sergent: Tu crois qu'il peut... vraiment?

Philippe: Le champ magnétique est certainement neutralisé.

Sergent: Eh bien! Il était temps.

Philippe: Merci, Monsieur l'Inspecteur.

Nougarède: Merci à vous, et toutes mes félicitations.

Sergent: Ça y est! Nous avons détruit le camion. Ça y est!

Philippe: Bravo, Messieurs!

Sergent: C'est le camion?

Nougarède: Non, c'est plus loin...

Philippe: C'est le Delta, le Delta!

# QUESTIONNAIRE

1. Pourquoi est-il difficile à Philippe et à Sylvie de reconnaître la route?
2. Après la petite ferme à droite, combien reste-t-il de kilomètres à faire?
3. Est-ce que le chauffeur roule doucement?
4. Qu'est-ce que le pilote du Delta espère trouver sous les nuages?
5. Où était l'Inspecteur quand il a téléphoné?
6. Qu'est-ce qui se trouve au bord de la route?
7. Combien de policiers entrent dans le petit bois avec l'Inspecteur?
8. Est-ce que le Delta prend feu?
9. Qu'est-ce qui explose?
10. Qui gagne la course contre la montre?

# 25 Fin

*A Aéro-France on a entendu l'explosion et maintenant on voit une fumée noire qui monte dans le ciel. C'est le Delta, ce qui reste du Delta SS 2,4. Il allait atterrir et dans l'orage, il s'est écrasé. Les ambulances et les voitures d'incendie étaient prêtes; et maintenant elles vont à toute vitesse vers le lieu de l'accident.*

*Le Delta était déjà trop bas, à trop faible altitude, surtout sous l'orage, quand le camion et le champ magnétique ont été détruits. Et il s'est écrasé. C'est la catastrophe. Mais il reste le XA5 et, à la tour de contrôle, on essaie de reprendre le contact radio avec le deuxième avion.*

**Chef de vol:** Tour de contrôle à XA5, tour de contrôle à XA5. Est-ce que vous m'entendez? A vous.

**Pilote:** XA5 à tour de contrôle. Ici le XA5. Je vous entends très clairement. J'attends vos instructions. A vous.

**Chef de vol:** Tour de contrôle à XA5. Donnez-nous votre position. Et gardez de l'altitude. A vous.

**Pilote:** XA5 à tour de contrôle. Altitude, quinze mille. Vitesse, mach 1,9. Cap. 220. Tout va bien depuis cinquante secondes. Tout était brouillé; maintenant tout va bien. Je ne comprends pas ce qui s'est passé. J'attends vos explications et vos instructions. A vous.

**Chef de vol:** Tour à XA5. Explication: il y avait interférence magnétique. Instructions: conditions atmosphériques mauvaises à faible altitude; Delta SS 2,4 accidenté près de la piste. Prenez le cap 320; 3,2,0. Et attendez nos instructions. Heureux de vous entendre. Terminé.

**Muller-Faure:** Le XA5 au moins est sauvé! ... Je vais sur les lieux de l'accident; je vais voir ce qui s'est passé.

**Chef de vol:** Entendu, Monsieur. Je garde le contact avec le XA5. Et pour le Delta... je suis... je suis désolé, vraiment je suis désolé.

**Muller-Faure:** C'est une sale affaire. Ah, si seulement je savais qui sont ces salopards! Ces salopards avec leur champ magnétique.... Parce que la soucoupe volante, et j'avais raison, je n'y croyais pas. C'étaient des saboteurs, tout simplement. Surtout gardez bien le contact avec XA5.

| | |
|---|---|
| **Chef de vol:** | Oui, Monsieur; comptez sur moi. Je le rappelle tout de suite. |

*Les policiers gardent le camion, ce qu'il en reste plus exactement. Sylvie, Philippe et l'Inspecteur Nouragède, eux, sont retournés sur la route.*

| | |
|---|---|
| **Philippe:** | Je veux voir ce qui s'est passé. Je veux aller voir. . . |
| **Sylvie:** | Cette fumée noire. . . Le Delta s'est écrasé? |
| **Nougarède:** | J'en ai peur. Avec un orage pareil. . . . |
| **Philippe:** | Et sans instruments de navigation, tu penses! Je veux aller voir, sur place. |
| **Sylvie:** | Ce n'est pas difficile; on voit très bien où c'est. |
| **Philippe:** | On y va, Monsieur l'Inspecteur? |
| **Nougarède:** | On y va. |

*Le Delta s'est effectivement écrasé au sol. Ce bel appareil, cet avion prestigieux, n'est plus qu'un nuage de fumée noire. Ambulances et voitures d'incendie sont inutiles. Philippe, Sylvie et l'Inspecteur Nougarède sont arrivés sur les lieux de l'accident. Le Président Directeur Général d'Aéro-France, Monsieur Muller-Faure, est là lui aussi; il est désespéré.*

| | |
|---|---|
| **Muller-Faure:** | Regardez-moi ça. . . . Mon meilleur avion, c'était mon meilleur avion. Et c'était aussi mon meilleur pilote. |
| **Philippe:** | J'en suis désolé, Monsieur. |
| **Muller-Faure:** | Qui êtes-vous? |
| **Philippe:** | Je suis journaliste, je. . . |
| **Muller-Faure:** | Je ne veux pas de journalistes ici. Laissez-moi tranquille. |
| **Nougarède:** | Monsieur le Président. . . |
| **Muller-Faure:** | Quoi? |
| **Nougarède:** | C'est Philippe Chapel. |
| **Muller-Faure:** | Ah, excusez-moi, je ne savais pas. Je désire vous remercier, Monsieur. |
| **Philippe:** | Et voici mon amie Sylvie Mounier qui était avec moi dans le camion des saboteurs. |
| **Muller-Faure:** | Très heureux, Mademoiselle, et merci à vous aussi. |
| **Sylvie:** | Moi aussi je suis désolée. |
| **Muller-Faure:** | Vous avez fait ce que vous avez pu, mais c'était trop tard. |
| **Philippe:** | Je sais. . . Quelques minutes plus tôt et tout allait bien. |
| **Muller-Faure:** | Pour nous, c'est catastrophique. Ce sabotage. . . . D'abord ces deux hommes au Bourget. |
| **Philippe:** | Je sais; j'y étais. |

| | |
|---|---|
| Muller-Faure: | Et puis le client pour le Delta qui était venu ici spécialement. |
| Sylvie: | Vous savez qu'un des deux hommes du Bourget était ici, dans le camion? |
| Philippe: | Nous l'avons vu; nous étions avec lui dans le camion. |
| Sylvie: | Mais la police n'a pas voulu nous croire, enfin pas tout de suite. |
| Nougarède: | Je m'excuse, Monsieur le Président, mais ce n'était vraiment pas ma faute, j'avais des ordres de Paris. |
| Muller-Faure: | Du Commissaire Lamarche. . . . |
| Philippe: | Ah, celui-là. . ! Mais dites-moi, Monsieur le Président, est-ce qu'il y avait un rapport entre votre client et le suspect du Bourget? Entre votre client et le camion? |
| Muller-Faure: | Je pense que non. Je pense au contraire qu'ils étaient ennemis. Il faut attendre l'enquête, les résultats de l'enquête. |
| Philippe: | Monsieur le Président. . . . |
| Muller-Faure: | Oui? |
| Philippe: | Est-ce que je peux vous demander quelque chose? |
| Muller-Faure: | Tout ce que vous voulez. |
| Philippe: | Vous savez que je suis reporter à Radio Inter. Vous savez aussi que j'étais au Bourget quand on a arrêté le suspect. Et puis nous sommes venus ici, Sylvie et moi. Nous avons vu Pilevski tirer sur l'ingénieur Guérin. A propos, qui était Pilevski? |
| Muller-Faure: | Je ne sais pas. |
| Nougarède: | Nous le savons. Un fou. Le locataire d'une maison qui appartenait à Madame Guérin. Il n'y avait aucun rapport entre lui et l'ingénieur Guérin. Il ne payait pas son loyer, voilà tout; et il avait laissé des bombes et des grenades partout dans la maison. |
| Sylvie: | Et l'ingénieur Guérin, comment va-t-il? |
| Muller-Faure: | Mieux; il était dans le coma mais maintenant il en est sorti; il va beaucoup mieux. Mais qu'est-ce que vous vouliez me demander, Monsieur Chapel? |
| Philippe: | Eh bien voici; comme je le disais, j'ai suivi toute cette affaire; Sylvie et moi nous étions même prisonniers dans le camion, alors maintenant. . . si c'est possible. . . . |
| Muller-Faure: | Dites. |
| Philippe: | Eh bien je désire suivre l'enquête sur le Delta. |
| Muller-Faure: | Mon cher ami, je vous le permets. |
| Philippe: | Merci, Monsieur le Président, merci beaucoup. |
| Muller-Faure: | Vous pouvez me téléphoner et vous pouvez me voir quand |

|  |  |
|---|---|
|  | vous voulez. Et maintenant, Messieurs, je vous laisse, j'ai beaucoup à faire. A bientôt, Monsieur Chapel. |
| Philippe: | A bientôt, Monsieur le Président. |
| Sylvie: | Au revoir, Monsieur. |
| Nougarède: | Eh bien, mes amis voilà. |
| Sylvie: | Alors. . . Paris? |
| Philippe: | Ah oui, c'est vrai. Paris. . . J'oubliais. J'oubliais ce cher Commissaire Lamarche. |
| Nougarède: | Je vous comprends; mais tout le monde peut se tromper. Vous êtes libres, bien entendu; je vais téléphoner au Commissaire Lamarche et lui dire. |
| Philippe: | Merci, très aimable. Nous, nous allons à notre hôtel et puis nous allons faire un bon petit dîner en tête à tête; tu veux, Sylvie? |
| Sylvie: | Tu vas d'abord téléphoner à Radio Inter, je suppose. . . |
| Philippe: | Bien sûr. Ah! une chose encore, Monsieur l'Inspecteur. Dites au Commissaire Lamarche que s'il veut tout savoir sur cette affaire, il peut écouter Radio Inter ce soir à huit heures, et demain, et après-demain. . . Au revoir, Monsieur l'Inspecteur et merci. Viens, ma chérie. |
| Sylvie: | Oui, mon amour, je te suis, je te suis jusqu'au bout du monde! |

# QUESTIONNAIRE

1. Dans la tour de contrôle, qui répond au pilote du XA5?
2. Le pilote comprend-il ce qui s'est passé?
3. Quelle est l'explication du brouillage?
4. Quelles instructions donne le chef de vol au pilote?
5. A quoi M. Muller-Faure ne croyait-il pas?
6. Comment peut-on trouver l'endroit où le Delta s'est écrasé?
7. A quoi servent les ambulances?
8. Quel rapport y avait-il entre le client d'Aéro-France et les saboteurs?
9. Qu'est-ce que Pilevski avait laissé dans la maison?
10. Que demande Philippe à M. Muller-Faure?
11. Où Sylvie va-t-elle suivre Philippe?

# Verbs with irregular forms

The following list includes very common verbs with an irregular present tense. The past participles are shown between brackets. Those verbs marked with an asterisk call for *être* as the auxiliary verb in the *passé composé*.

*aller* (allé)

je vais
tu vas
il/elle va
nous allons
vous allez
ils/elles vont

*s'appeler* (appelé)

je m'appelle
tu t'appelles
il/elle s'appelle
nous nous appelons
vous vous appelez
ils/elles s'appellent

*s'asseoir* (assis)

je m'assieds
tu t'assieds
il/elle s'assied
nous nous asseyons
vous vous asseyez
ils/elles s'asseyent

*avoir* (eu)

j'ai
tu as
il/elle a
nous avons
vous avez
ils/elles ont

*boire* (bu)

je bois
tu bois
il/elle boit
nous buvons
vous buvez
ils/elles boivent

*connaître* (connu)

je connais
tu connais
il/elle connaît
nous connaissons
vous connaissez
ils/elles connaissent

*devoir* (dû)

je dois
tu dois
il/elle doit
nous devons
vous devez
ils/elles doivent

*dire* (dit)

je dis
tu dis
il/elle dit
nous disons
vous dites
ils/elles disent

*écrire* (ecrit)

j'écris
tu écris
il/elle écrit
nous écrivons
vous écrivez
ils/elles écrivent

*être* (été)

je suis
tu es
il/elle est
nous sommes
vous êtes
ils/elles sont

*faire* (fait)

je fais
tu fais
il/elle fait
nous faisons
vous faites
ils/elles font

*se lever* (levé)

je me lève
tu te lèves
il/elle se lève
nous nous levons
vous vous levez
ils/elles se lèvent

| *mettre* (mis) | *ouvrir* (ouvert) | *\*partir* (parti) |
|---|---|---|
| je mets | j'ouvre | je pars |
| tu mets | tu ouvres | tu pars |
| il/elle met | il/elle ouvre | il/elle part |
| nous mettons | nous ouvrons | nous partons |
| vous mettez | vous ouvrez | vous partez |
| ils/elles mettent | ils/elles ouvrent | ils/elles partent |

| *pouvoir* (pu) | *prendre* (pris) | *recevoir* (reçu) |
|---|---|---|
| je peux | je prends | je reçois |
| tu peux | tu prends | tu reçois |
| il/elle peut | il/elle prend | il/elle reçoit |
| nous pouvons | nous prenons | nous recevons |
| vous pouvez | vous prenez | vous recevez |
| ils/elles peuvent | ils/elles prennent | ils/elles reçoivent |

| *savoir* (su) | *\*se sentir* (senti) | *servir* (servi) |
|---|---|---|
| je sais | je me sens | je sers |
| tu sais | tu te sens | tu sers |
| il/elle sait | il/elle se sent | il/elle sert |
| nous savons | nous nous sentons | nous servons |
| vous savez | vous vous sentez | vous servez |
| ils/elles savent | ils/elles se sentent | ils/elles servent |

| *\*sortir* (sorti) | *suivre* (suivi) | *tenir* (tenu) |
|---|---|---|
| je sors | je suis | je tiens |
| tu sors | tu suis | tu tiens |
| il/elle sort | il/elle suit | il/elle tient |
| nous sortons | nous suivons | nous tenons |
| vous sortez | vous suivez | vous tenez |
| ils/elles sortent | ils/elles suivent | ils/elles tiennent |

| *\*venir* (venu) | *voir* (vu) | *vouloir* (voulu) |
|---|---|---|
| je viens | je vois | je veux |
| tu viens | tu vois | tu veux |
| il/elle vient | il/elle voit | il/elle veut |
| nous venons | nous voyons | nous voulons |
| vous venez | vous voyez | vous voulez |
| ils/elles viennent | ils/elles voient | ils/elles veulent |

# Vocabulary

# A

| | |
|---|---|
| à | at, in, to |
| à cause de | because of |
| à l'envers | backwards |
| à vous! | over! (*on two-way radio*) |
| à travers | through |
| a | *from* avoir |
| il y a | there is, there are |
| abandonner | to abandon, to give up |
| d'abord | first |
| absolument | absolutely |
| accélère | hurry up! *from* accélérer |
| accélérer | to accelerate |
| l'accent (m) | accent |
| l'accident (m) | accident |
| accidenté | wrecked |
| accompagner | to accompany |
| l'accord (m) | agreement |
| d'accord! | agreed! |
| *être d'accord | to agree |
| l'achat (m) | purchase |
| acheter | to buy |
| l'actualité (f) | current events |
| l'addition (f) | addition, bill |

| | |
|---|---|
| admettre | to admit |
| admirer | to admire |
| adorer | to adore |
| l'adresse (f) | address |
| Aéro-France | aircraft manufacturing firm |
| Aérodrame (m) | Aerodrama |
| aéronautique | aeronautical |
| l'aéronautique (f) | aviation |
| l'aéroport (m) | airport |
| l'affaire (f) | business, deal, case, affair |
| l'agent (m) | agent |
| l'agent de police (m) | policeman |
| agir | to act |
| l'agneau (m) | lamb |
| agréable | agreeable, pleasant |
| agréer | to accept |
| Ah! | ah! |
| ai | *from* avoir |
| l'aide (f) | help |
| aider | to help |
| l'aile (f) | wing |
| aïe! | ouch! |
| aimable | kind, nice |
| , aimer | to love, to like |
| l'air (m) | air |
| l'alarme (f) | alarm |
| l'alcotest (m) | alcohol test |
| allait | *from* aller |
| tout allait bien | everything was well |
| *aller | to go |
| *aller bien | to be well |
| aller + *infinitif (futur proche)* | to be going to *(near future)* |
| *s'en aller | to leave |
| allez | *from* aller |
| allez! | go! |
| allez-y! | go ahead! |
| allez, viens! | come on! |
| alliez | *from* aller |
| allions | *from* aller |
| allô | hello! *(au téléphone)* |

| | |
|---|---|
| allonger | to lengthen |
| allons | *from* aller |
| allons! | come on! |
| allons-y! | let's go! |
| nous allons bien voir | we shall see |
| allumer | to light, to turn on |
| l'allumette (f) | match |
| alors | then |
| et alors? | so what? |
| alors là! | well then! |
| alors que | while |
| l'altimètre (m) | altimeter |
| l'altitude (f) | altitude |
| l'ambulance (f) | ambulance |
| l'ambulancier (m) | ambulance attendant |
| amener | to bring (along) |
| l'amende (f) | fine |
| l'ami (m) | friend |
| l'amie (f) | friend |
| l'amour (m) | love |
| être un amour | to be a dear |
| l'amoureuse (f) | girl in love |
| amoureux | loving, in love |
| l'amoureux (m) | lover |
| l'an (m) | year |
| l'andouille (f) | nitwit |
| anglais | English |
| l'anglais (m) | English *(language)* |
| l'Anglais (m) | Englishman |
| l'animal (m) (pl: -aux) | animal |
| l'anneau | ring |
| annoncer | to announce |
| l'antenne (f) | antenna |
| l'aparté (m) | aside |
| en aparté | aside |
| apercevoir (aperçu) | to glimpse |
| l'apéritif (m) | drink *(before meal)* |
| l'appareil (m) | device, instrument, machine, aircraft, phone |
| à l'appareil | on the phone, "speaking!" |

| | |
|---|---|
| l'appartement (m) | apartment |
| appartenait | *from* appartenir |
| appartenir | to belong |
| l'appel (m) | call |
| appeler | to call |
| *s'appeler | to be called |
| l'appétit (m) | appetite |
| apporter | to bring |
| applaudir | to cheer, to applaud |
| l'applaudissement (m) | cheering, applause |
| appréhensif (-ive) | apprehensive |
| apprendre | to learn |
| l'approche (f) | approach |
| *s'approcher | to come close |
| après | after |
| d'après | according to |
| après-demain | the day after tomorrow |
| l'après-midi (m *ou* f) | afternoon |
| l'arbre (m) | tree |
| l'Arc de Triomphe (m) | Arch of Triumph |
| l'arête (f) | fishbone |
| l'argent (m) | money |
| l'argot (m) | slang |
| l'arme (f) | weapon |
| armer | to arm |
| arranger | to arrange |
| l'arrestation (f) | arrest |
| arrêter | to stop, to arrest |
| *s'arrêter | to stop |
| arrêtez! | stop! |
| arrière | behind |
| en arrière | backward |
| marche arrière | reverse |
| arrivant | arriving |
| l'arrivée (f) | arrival |
| *arriver | to arrive, to happen |
| j'arrive! | I am coming! |
| as | *from* avoir |
| l'as (m) | ace |
| l'asperge (f) | asparagus |

| | |
|---|---|
| l assassin (m) | assassin |
| l'assassinat (m) | murder |
| asseoir | to seat |
| *s'asseoir (assis) | to sit down |
| asseyez-vous | *from* s'asseoir |
| assez | enough |
| assieds-toi | *from* s'asseoir |
| assis | sitting, seated; *from* asseoir |
| assister à | to watch, to witness |
| assurer | to assure |
| l'asyle (m) | asylum, hospital |
| atmosphérique | atmospheric |
| l'attache (f) | tie, bond |
| l'attaque (f) | attack |
| attendre (attendu) | to wait |
| en attendant | meanwhile |
| attends! | wait! *from* attendre |
| l'attentat (m) | criminal attempt |
| l'attente (f) | waiting period |
| attention (à) ! | watch out (for) ! |
| atterrir | to land |
| attraper | to catch |
| au, aux | to the, at the, in the |
| au-dessus de | above |
| au fond | all things considered |
| au revoir | goodbye |
| aucun | no, any |
| l'auditeur (m) | listener |
| l'auditrice (f) | listener |
| aujourd'hui | today |
| aussi | also, too |
| automatique | automatic, direct dialing |
| autour de | around |
| autre | other |
| quoi d'autre | what else |
| autrement dit | in other words |
| aux | to the, at the, in the |
| avais | *from* avoir |
| avait | *from* avoir |
| il y avait | there was |

| | |
|---|---|
| avancer | to advance, to be fast |
| ma montre avance | my watch is fast |
| *s'avancer | to proceed forward |
| avant | before |
| avant tout | first of all |
| marche avant | forward |
| avec | with |
| l'avenue (f) | avenue |
| avertir | to warn |
| avez | *from* avoir |
| l'aviation (f) | aviation |
| aviez | *from* avoir |
| l'avion (m) | airplane |
| l'aviron (m) | oar |
| l'avis (m) | advice |
| à mon avis | in my opinion |
| avoir (eu) | to have |
| avoir faim | to be hungry |
| avoir raison | to be right |
| avons | *from* avoir |
| l'axiome (m) | axiom, self-evident truth |

# B

| | |
|---|---|
| bah! | nonsense! |
| les bagages (m) | luggage |
| bâiller | to yawn |
| le bain | bath, swim |
| maillot de bain (le) | swimming suit |
| salle de bain (la) | bathroom |
| le baiser | kiss |
| le banc | bench |
| la bande | tape, gang |
| bande d'imbéciles | pack of fools |
| le bar | bar |
| la barbe | beard |
| le barman | barman |

| | |
|---|---|
| bas (basse) | low |
| à voix basse | in a low voice |
| beau (bel, belle) | beautiful |
| faire beau | to be fine *(weather)* |
| beaucoup (de) | much, many |
| la beauté | beauty |
| le bébé | baby |
| bel | beautiful |
| bel et bien | entirely |
| ben *(déformation de* bien) | well |
| bête | dumb |
| la bêtise | nonsense |
| le beurre | butter |
| bien | well, quite, attractive |
| nous allons bien voir | we shall see |
| ça fait du bien | it feels good |
| le bien | good |
| bientôt | soon |
| à bientôt! | see you soon! |
| la bière | beer |
| bis | twice, encore |
| bizarre | strange |
| le blaireau | shaving brush, badger |
| le blé | wheat |
| blessé | injured, wounded |
| bleu | blue |
| le bloc opératoire | surgery unit |
| bluffant | bluffing |
| la bobine | reel |
| le bœuf | beef |
| boire (bu) | to drink |
| le bois | wood, grove |
| bois | *from* boire |
| la boisson | drink |
| la bombe | bomb |
| bon (bonne) | good, right |
| à quoi bon? | what's the good of it? |
| elle est bien bonne celle-là! | that's a good one! |
| le bonhomme | guy |
| bonjour | hello, good morning, good day |

| | |
|---|---|
| bonsoir | hello, good evening |
| le bord | edge |
| à bord | on board, aboard |
| le bortsch | borsch |
| le bossu | hunchback |
| la bouchère | butcher's wife |
| la boucherie | butcher shop |
| le bouchon | plug, cork |
| bouger | to move, to stir |
| le boulevard | boulevard |
| Le Bourget | Le Bourget Airport |
| la boussole | compass |
| le bout | end |
| au bout du fil | on the line |
| la boutique | shop |
| le bouton | knob, button |
| brancher | to connect |
| bravo! | well done! |
| le brigadier | police sergeant |
| le briquet | lighter |
| britannique | British |
| le brouillage | jamming |
| brouillé | jumbled, jammed |
| brouiller | to jam |
| le bruit | noise |
| le bureau | office |

# C

| | |
|---|---|
| c' | *see* ce |
| ça (*contraction de* cela) | that |
| ça y est | that's it |
| ça va? | how is it going? |
| ça va | it's all right, I am all right |
| ça va + *infinitif* | it is going to |
| la cabine téléphonique | telephone booth |
| caché | hidden |
| le cadeau | present |
| le café | coffee, café |

| | |
|---|---|
| le calcul | computation |
| calculer | to calculate |
| le calme | quiet |
| le camarade | friend, pal |
| le camion | truck |
| la camionnette | van |
| la campagne | countryside |
| à la campagne | in the country |
| le canard | duck |
| le cap | direction, course |
| le capitaine | captain |
| car | because |
| le carburant | fuel |
| la caresse | caress |
| le carnet | notebook |
| le carrefour | intersection |
| la carte | road map, card |
| le cas | case |
| en tout cas | in any case |
| le casque | helmet, headset |
| casser | to break |
| la catastrophe | catastrophe |
| catastrophique | catastrophic, tragic |
| la cathédrale | cathedral |
| la cause | cause, reason |
| à cause de | because of |
| ce, c' | it, this, that |
| ce n'est pas ça | that is not it |
| c'est | it is, this is |
| c'est bien ça | that's just it |
| c'est pas (déformation de ce n'est pas) | it isn't |
| c'est pas ça | that's not it, that's not the point |
| ceci | this |
| céder | to give in |
| cela | that, this |
| celle-là | that one |
| celui-là | that one |
| cent | (one) hundred |
| le centre | center |

| | |
|---|---|
| certain | certain |
| certainement | surely |
| ces | these |
| cet, cette | this, that |
| ceux (celles) | those |
| la chaise | chair |
| la chambre | bedroom |
| le champ | field |
| le champignon | mushroom |
| les Champs Elysées (m) | *central avenue in Paris* |
| la chance | luck |
| changer | to change |
| chaque | each |
| charmant | charming |
| la chasse | hunt, chase |
| aviation de chasse | fighter force |
| le chat | cat |
| le château | castle |
| chaud | warm, hot |
| il fait chaud | it is hot |
| le chauffeur | chauffeur, driver |
| le chef | chief |
| ingénieur en chef | chief engineer |
| le chef de vol | flight controller |
| le chemin | way, road |
| le chemin de fer | railroad |
| le chèque | check |
| cher (chère) | dear, expensive |
| chercher | to look for, to try |
| *aller chercher | to go and get |
| chéri | darling |
| le cheval (pl: -aux) | horse |
| les cheveux (m) | hair |
| chez | at/to someone's place |
| chez elle | at her house, at home |
| chez lui | at his place, at home |
| le chien | dog |
| chimique | chemical |
| le chocolat | chocolate |
| choisir | to choose |

| | |
|---|---|
| la chose | thing |
| autre chose | something else |
| chut! | shush! |
| le ciel | sky |
| la cigarette | cigarette |
| le cinéma | movies, movie theater |
| quel cinéma! | what a circus! |
| cinq | five |
| cinquante | fifty |
| cinquième | fifth |
| la circonstance | circumstance |
| la circulation | traffic |
| civil | civilian |
| en civil | in civilian clothes |
| clair | clear |
| la classe | class |
| de classe | classy |
| la clé, la clef | key |
| le client | customer, client |
| le clou | nail |
| des clous! | get lost! |
| le cochon | pig |
| le coco | guy, character |
| Coco! | Pal! |
| la cocotte | chick |
| ma cocotte! | ducky! |
| le cœur | heart |
| le coiffeur | barber |
| la collaboration | cooperation |
| le coma | coma |
| le combat | combat |
| combien (de) | how many, how much |
| le commandement | order, command |
| commander | to order |
| comme | like, as |
| c'est comme ça | that's the way it is |
| commencer | to start, to begin |
| comment | how |
| comment s'appelle-t-il? | what's his name? |
| comment? | how is that? |

| | |
|---|---|
| le commentaire | commentary |
| le commerçant | merchant, shopkeeper |
| commercial | commercial |
| le commissaire | commissioner |
| la communication | communication |
| le communiqué | communiqué |
| complet (-ète) | complete |
| complètement | completely |
| le complice | accomplice |
| compliqué | complicated |
| comprendre (compris) | to understand |
| comprends | *from* comprendre |
| comprenez | *from* comprendre |
| compris | *from* comprendre |
| compter | to count |
| la concentration | concentration |
| concentré | concentrated |
| la conclusion | conclusion |
| la concorde | harmony |
| Concorde | *French supersonic jet* |
| la condition | condition |
| le conducteur | driver |
| conduire (conduit) | to lead, to drive |
| la confiture | jam |
| connais | *from* connaître |
| connaissez | *from* connaître |
| connaissons | *from* connaître |
| connaît | *from* connaître |
| connaître (connu) | to know |
| connu | *from* connaître |
| très connu | well known |
| construire (construit) | to build |
| le contact | contact |
| le conte | tale |
| content | glad, happy, pleased |
| continuer | to continue, to go on with |
| continuez! | go on! |
| au contraire | on the contrary |
| la contravention | traffic ticket |
| le contraire | opposite |

| | |
|---|---|
| contre | against |
| le contrôle | control |
| la conversation | conversation |
| le copain | friend, pal, chum |
| la copine | friend, chum |
| le corps | body |
| le correspondant | correspondent |
| le côté | side |
| à côté (de) | next (to), beside |
| de l'autre côté | on the other side |
| couché | lying down |
| coucou | peek-a-boo |
| la couleur | color |
| le coup | blow |
| coup de feu | gunshot |
| coup de sifflet | whistle (blast) |
| coup de téléphone | telephone call |
| la coupe | haircut |
| couper | to cut |
| la cour | yard |
| le courage | courage |
| courber | to bend |
| courir (couru) | to run |
| le courrier | mail |
| cours | *from* courir |
| la course | race |
| court | short |
| craignez | *from* craindre |
| craindre (craint) | to fear |
| le crédit | credit |
| créer | to create |
| la crème | cream |
| crème à raser | shaving cream |
| crénom! | cripes! |
| le crétin | bum, idiot |
| crier | to shout |
| croire (cru) | to believe |
| crois | *from* croire |
| je ne crois pas | I don't think so |
| je crois que non | I think not |

| | |
|---|---|
| le croissant | crescent, croissant |
| croyable | credible, believable |
| croyez | *from* croire |
| vous croyez? | you think so? |
| cru | *from* croire |
| le cuir | leather |
| cuit | cooked |
| bien cuit | well done |
| le cuivre | copper |

# D

| | |
|---|---|
| d' | *see* de |
| la dame | lady |
| Monsieur-Dame | Sir and Madam |
| le danger | danger |
| dangereux (-euse) | dangerous |
| dans | in |
| la date | date |
| de, d' | of, from, about, to some, any |
| debout | up |
| le début | beginning |
| décider | to decide |
| la décision | decision |
| déclarer | to declare |
| le décollage | take off |
| décoller | to take off, to lift off |
| décorer | decorate |
| découvert | *from* découvrir |
| découvrir (découvert) | to discover |
| dedans | inside |
| défendre (défendu) | to defend |
| dégager | to clear, to move aside |
| dégagez, s'il vous plaît! | make way, please! |
| dehors | outdoors |
| déjà | already |
| déjeuner | to have lunch |
| le déjeuner | lunch |
| le petit déjeuner | breakfast |

| | |
|---|---|
| de la, de l | some, of the, on the |
| délicieux (-euse) | delicious |
| le Delta SS 2,4 | *delta-shaped, supersonic airplane* |
| demain | tomorrow |
| demandé | in demand |
| demander | to ask |
| *se demander | to wonder |
| démarrer | to drive off |
| la demi-heure | half hour |
| la demie | half |
| la démonstration | demonstration |
| le départ | departure |
| dépasser | to pass |
| *se dépêcher | to hurry |
| déranger | to disturb |
| dernier (-ière) | last |
| *se dérouler | to unwind |
| derrière | behind |
| le derrière | bottom, backside |
| des | of the, some |
| désagréable | unpleasant |
| désavouer | to renounce |
| *descendre (descendu) | to go down |
| *descendre de voiture | to get out of the car |
| descends | *from* descendre |
| désespéré | desperate |
| désirer | to wish |
| désolé | sorry |
| le dessert | dessert |
| dessiner | to design, to draw |
| détester | to hate, to detest |
| le détournement | hijacking |
| détourner | to hijack |
| détruire (détruit) | to destroy |
| détruisez | *from* détruire |
| détruit | *from* détruire |
| deux | two |
| deuxième | second |
| devant | in front of, ahead |
| par devant | through the front |

| | |
|---|---|
| devenir (devenu) | to become |
| deviner | to guess |
| devoir (dû) | to be supposed to, must, ought to |
| devons | *from* devoir |
| le diable | devil |
| la diction | diction |
| Dieu | God |
| la différence | difference |
| différent | different |
| difficile | difficult |
| la difficulté | difficulty |
| le dimanche | Sunday |
| le diminutif | nickname |
| le dîner | dinner |
| dire (dit) | to tell, to say |
| direct | direct |
| en direct | live |
| le directeur | director, manager |
| le directeur général | chairman of the board |
| dirigé | directed |
| dis | *from* dire |
| dis donc! | say! |
| disais | *from* dire |
| discuter | to argue, to discuss, to talk things over |
| disons | *from* dire |
| disparaître (disparu) | to disappear |
| disparu | *from* disparaître |
| le disque | record |
| la distance | distance |
| distant | distant |
| distingué | distinguished |
| distraitement | absent-mindedly |
| dit | *from* dire |
| dites | *from* dire |
| le divan | sofa |
| dix | ten |
| dix-huit | eighteen |
| dix-huitième | eighteenth |
| dix-neuf | nineteen |
| dix-neuvième | nineteenth |

| | |
|---|---|
| dix-sept | seventeen |
| dix-septième | seventeenth |
| dixième | tenth |
| dois | *from* devoir |
| doit | *from* devoir |
| doivent | *from* devoir |
| domicilié | resident, domiciled |
| dommage que | too bad that |
|    c'est dommage! |    it's a pity! |
| donc | therefore |
|    . . . donc |    do . . . *(emphasis)* |
| donner | to give |
| donner rendez-vous | to make a date |
| doucement | slowly |
| douloureux (-euse) | painful |
| le doute | doubt |
| douze | twelve |
| douzième | twelfth |
| droit | right, straight |
|    tout droit |    straight ahead |
| le droit | right |
| la droite | right |
|    à droite |    to the right |
| drôle | funny |
| dû | *from* devoir |
| du | of the, from the, on the, some |
| dur | hard, tough |
| la dynamite | dynamite |

# E

| | |
|---|---|
| l'eau (f) | water |
| *s'écarter | to move aside |
| éclater | to burst out, to break out |
| l'éclair (m) | lightning, cream-filled pastry |
| l'écoute (f) | receiving, reception |
| écouter | to listen to |
| l'écouteur (m) | earphone |
| *s'écraser | to crash |

| | |
|---|---|
| ecrıre (écrit) | to write |
| écrit | *from* écrire |
| effectivement | as a matter of fact |
| l'effet (m) | effect |
| en effet | indeed, in fact, that's right |
| eh bien! | well! |
| eh oui! | yes indeed! |
| l'électricien (m) (f-ienne) | electrician |
| électrique | electric |
| électrocuté | electrocuted |
| élevé | high |
| elle | she, her |
| l'éloignement (m) | distance |
| embêtant | embarrassing |
| embêté | annoyed, embarrassed |
| embrasser | to kiss |
| l'émission (f) | broadcast |
| emmener | to take along |
| émouvoir (ému) | to move (feelings) |
| empêcher | to prevent |
| l'employé (m) | employee |
| en | in, into |
| en attendant | meanwhile |
| en retard | late |
| en effet | indeed |
| en principe | supposedly |
| en (= *de* + *pronom*) | of it, of them, some, any |
| encore | still, again, yet |
| l'endroit (m) | place |
| enfin | at last |
| enfin . . . . | well . . . . |
| mais enfin! | but still! |
| enlever | to remove |
| l'ennemi (m) | enemy |
| l'ennui (m) | trouble, difficulty |
| énorme | enormous |
| l'enquête (f) | investigation |
| l'enregistrement (m) | recording |
| enregistrer | to record |

| | |
|---|---|
| ensemble | together |
| ensuite | then, next |
| entendre (entendu) | to hear |
| entendu! | O.K., understood, *from* entendre |
| bien entendu! | of course! |
| entre | between |
| l'entrecôte (f) | rib of beef |
| l'entrée (f) | entrance |
| *entrer | to come in, to go in, to enter |
| environ | about |
| l'envol (m) | take off |
| envoyer | to send |
| l'épisode (m) | episode |
| épouser | to marry |
| équipé | equipped |
| es | *from* être |
| l'escalier (m) | stairs |
| l'escorte (f) | escort |
| escorter | to escort |
| espérer | to hope |
| l'espion (m) | spy |
| l'espionnage (m) | spying, espionnage |
| l'espoir (m) | hope |
| avoir meilleur espoir | to have more hope |
| l'essai (m) | attempt |
| pilote d'essai | test pilot |
| essayer | to try |
| l'essence (f) | gasoline |
| l'est (m) | east |
| est | *from* être |
| est-ce que . . . . ? | *question formula* |
| estimer | to estimate |
| et | and |
| et cetera | etc. |
| et voilà | there it is |
| l'étage (m) | floor, story |
| au premier étage | on the second floor |
| étaient | *from* être |
| était | *from* être |
| l'étalage (m) | display |

| | |
|---|---|
| l'état (m) | state, condition |
| été | *from* être |
| l'été (m) | summer |
| éteindre | to turn off |
| étendre | to stretch out |
| étendu | *from* étendre |
| êtes | *from* être |
| étiez | *from* être |
| étions | *from* être |
| étirer | to stretch |
| étonnant | amazing |
| étrange | strange, bizarre |
| étranger (-ère) | foreign |
| être (été) | to be |
| étudier | to study |
| l'étui (m) | small case |
| euh. . . . | er. . . . |
| eux | them |
| évidemment | obviously, of course |
| évident | obvious |
| l'évier (m) | kitchen sink |
| éviter | to avoid |
| exact | correct |
| exactement | exactly |
| exagérer | to exaggerate, to go too far |
| examiner | to examine |
| exaspéré | exasperated |
| excédé | exasperated |
| excellent | excellent |
| l'excuse (f) | apology |
| excuser | to excuse |
| *s'excuser | to apologize |
| l'exercice (m) | exercise |
| l'exode (m) | exodus |
| l'expérience (f) | experience |
| l'expert (m) | expert |
| l'explication (f) | explanation |
| expliquer | to explain |
| exploser | to explode |
| l'explosion (f) | explosion |

| | |
|---|---|
| exprès | on purpose |
| express | espresso |
| l'expression (f) | expression |
| extraordinaire | extraordinary |
| extrêmement | extremely |

# F

| | |
|---|---|
| la face | face |
| en face | across the street |
| en face de | opposite |
| facile | easy |
| faible | weak, low |
| la faim | hunger |
| avoir faim | to be hungry |
| faire | to do, to make |
| faire attention | to pay attention, to be careful |
| faire le plein d'essence | to fill up with gasoline |
| faire pipi | to go to the bathroom |
| faire vite | to hurry |
| fais | *from* faire |
| qu'est-ce que tu fais? | what are you doing? |
| faisait | *from* faire |
| le fait | fact |
| fait | *from* faire |
| on fait | one does |
| c'est fait | it's done |
| ça ne fait rien | it doesn't matter |
| il fait beau | the weather is beautiful |
| faites | *from* faire |
| fameux (-euse) | famous |
| la fanfare | brass band |
| fantastique | fantastic |
| la farine | flour |
| fatigué | tired |
| le faubourg | suburb |
| faussement | falsely |
| fausser | to make false |
| il faut | it is necessary, (one, you, it, etc.) must |

| | |
|---|---|
| la faute | fault |
| la félicitation | congratulation |
| féliciter | to congratulate |
| la femme | woman, wife |
| la fenêtre | window |
| ferme | *from* fermer |
| ferme-la! *(argot)* | shut up! |
| la ferme | farm |
| fermer | to shut, to close |
| la fête | festival |
| le feu | fire, light |
| feu rouge | red light |
| feu vert | green light |
| feu à volonté! | fire at will! |
| la fiche | card, form |
| le figuier | fig tree |
| le fil | wire |
| au bout du fil | on the line |
| le filet | filet |
| la fille | girl |
| le fils | son |
| fin | fine, delicate |
| la fin | end |
| finalement | at last |
| fini | finished, over |
| finir | to finish, to end |
| flamber | to blaze, to be in flames |
| le flash | newsflash |
| fléchir | to bend |
| le flic | cop |
| flute | heck, rats |
| la fois | time |
| encore une fois | once more |
| foncé | dark-colored |
| le fond | bottom |
| au fond | fundamentally, all things considered |
| font | *from* faire |
| la force | force |
| formel (-elle) | formal |
| formidable | terrific |

|  |  |
|--------|---------|
| **fort** | **strong** |
| ça c'est trop fort! | that's outrageous! |
| fou (folle) | crazy, insane |
| le fou | madman |
| foutu *(argot)* | done for |
| le franc | franc |
| français | French |
| le français | French *(language)* |
| le Français | Frenchman |
| la Française | French woman |
| franco-... | French-... |
| frapper | to knock |
| le frigo, le frigidaire | refrigerator |
| les frites (f) | French fries |
| froid | cold |
| le fromage | cheese |
| la frontière | border |
| la fumée | smoke |
| fumer | to smoke |
| furieux (-euse) | furious |
| le fusil | rifle |
| coup de fusil | rifle shot |

# G

|  |  |
|--------|---------|
| gagner | to win |
| la gamme | scale |
| le garage | garage |
| le garçon | boy |
| le garçon coiffeur | barber |
| garder | to keep |
| la gauche | left |
| à gauche | to the left |
| gémir | to moan |
| le gendarme | policeman |
| la gendarmerie | police station |
| le général | general |
| le générateur | generator |
| le genre | kind |

| | |
|---|---|
| les gens | people |
| gentil (-ille) | nice |
| la glace | ice |
| le gouvernement | government |
| la grâce | grace |
| grand | large, great, big |
| pas grand-chose | not much |
| de grande classe | superior |
| la grand'route | highway |
| grandiloquent | grandiloquent |
| grave | grave, serious |
| gravement | seriously |
| la grenade | grenade |
| la grillade | grilled meat |
| les griots (m) | flour products of second quality, —*seconds* |
| gris | gray |
| gros (grosse) | big, fat |
| le groupe | group |
| guérir | to cure, to recover |
| la guerre | war |
| la gueule | mouth, mug |
| le gyroscope | gyroscope |

# H

| | |
|---|---|
| l'habitant (m) | inhabitant |
| habiter | to live, to reside (in) |
| l'habitude (f) | habit |
| d'habitude | usually |
| le hasard | chance |
| haut | high |
| Haut les mains! | Hands up! |
| la hauteur | height |
| le havre | haven, port |
| hé! | eh! |
| hé non! | well no! |
| hé oui! | yes indeed! |
| hein? | what? eh? |

|  |  |
|---|---|
| l'hélicoptère (m) | helicopter |
| le héros | hero |
| hésiter | to hesitate |
| l'heure (f) | hour, time, o'clock |
| il y a une heure | an hour ago |
| à quelle heure? | at what time? |
| à l'heure | per hour |
| heureusement | fortunately |
| heureux (-euse) | happy |
| hier | yesterday |
| hier soir | last night |
| l'histoire (f) | story, difficulty |
| pas d'histoires | no trouble |
| l'homme (m) | man |
| l'honneur (m) | honor |
| l'hôpital (m) | hospital |
| les hors d'œuvre (m) | foods to introduce a meal |
| l'hôtel (m) | hotel |
| huit | eight |
| huitième | eighth |
| l'hypothèse (f) | hypothesis |
| hystérique | hysterical |

# I

|  |  |
|---|---|
| ici | here |
| idéal | ideal |
| l'idée (f) | idea |
| identifier | to identify |
| l'identité (f) | identity, identification |
| idiot | stupid, silly |
| l'idiot (m) | idiot |
| il | he, it |
| il reste | there remains |
| il y a | there is, there are, ago |
| il y avait | there was, there were |
| ils | they |
| imaginer | to imagine |
| l'imbécile (m ou f) | imbecile, fool |

| | |
|---|---|
| imiter | to imitate |
| immédiatement | immediately |
| l'importance (f) | importance |
|    pas d'importance | no matter |
| important | important |
| impossible | impossible |
| impressionnant | impressive |
| l'incendie (m) | fire |
| l'incident (m) | incident |
| incognito | incognito |
| incrédule | unbelieving |
| incroyable | unbelievable |
| industriel (-elle) | industrial |
| l'infirmière (f) | nurse |
| l'information (f) | information |
| les informations (f) | the news |
| l'infraction (f) | violation |
|    en infraction | in the wrong |
| l'ingénieur (m) | engineer |
| ingénieux (-euse) | ingenious |
| inquiet (-ète) | worried |
| insister | to insist |
| l'inspecteur (m) | inspector |
| l'instant (m) | instant, moment |
|    à l'instant | this instant |
| l'instruction (f) | instruction |
| l'instrument (m) | instrument |
| intense | intense |
| l'intention (f) | intention |
| intéressant | interesting |
| intéressé | interested |
| *s'intéresser à | to be interested in |
| l'intérêt (m) | interest |
| l'interférence (f) | interference |
| l'intérieur (m) | inside |
| interloqué | nonplussed |
| l'intermède (m) | interlude |
| international | international |
| l'interrogatoire (m) | questioning |
| interroger | to interrogate, to question |

| | |
|---|---|
| interrompre (interrompu) | to interrupt |
| *s'interrompre | to stop |
| interrompu | *from* interrompre |
| l'interruption (f) | interruption |
| intrigué | puzzled |
| inutile | useless |
| l'inventeur (m) | inventor |
| ironique | ironical, sarcastic |
| l'Italien (m) | Italian man |
| l'italien (m) | Italian *(language)* |
| italien (-ienne) | Italian |

# J

| | |
|---|---|
| j' | *see* je |
| jamais, ne . . . jamais | never |
| jaune | yellow |
| il rit jaune | he forces a laugh |
| je | I |
| Jean | John |
| jeune | young |
| joli | pretty |
| jouer | to play |
| le jour | day |
| à un de ces jours! | see you one of these days! |
| le journal (pl: journaux) | news, newspaper |
| le/la journaliste | newspaperman |
| la journée | day |
| jusqu'à | until, to |
| juste | just, exactly, accurate |
| au juste | exactly |
| justement | precisely |

| | |
|---|---|
| le kilo | kilogram |
| le kilomètre | kilometer |

# L

| | |
|---|---|
| l' | *see* le, la |
| la, l' | the, her, it |
| là | there |
|    par là | that way |
| là-bas | over there |
| le laboratoire | laboratory |
| lâcher | to let loose |
| laisser | to leave, to let |
| le lait | milk |
| lancer | to throw |
| la langue | language |
| le laser | laser |
| le, l' | the, him, it |
| lentement | slowly |
| les | the, them |
| lèse-majesté | high treason |
| la lettre | letter |
| la liaison | liaison, connection |
| libre | free |
| le lien | bond |
| lier | to bind |
| le lieu | place |
|    avoir lieu | to take place |
| les lieux | site |
| la ligne | line |
| le lin | flax, linen |
| lire (lu) | to read |
| lit | *from* lire |
| localiser | to localize, to locate |
| le/la locataire | tenant |
| logique | logical |
| loin | far |
| long (longue) | long |
| la longueur | length |
| le loyer | rent |

| | |
|---|---|
| lu | *from* lire |
| lui | him, he *(emphatique)* |
| lui-même | himself |
| la lumière | light |
| le lundi | Monday |
| la lune de miel | honeymoon |
| les lunettes (f) | glasses, spectacles |

# M

| | |
|---|---|
| m' | *see* me |
| ma | my |
| mach | Mach, *number* |
| machinalement | automatically |
| la machine à écrire | typewriter |
| Madame | Madam, Mrs. ——— |
| Mademoiselle | Miss |
| le magasin | store |
|    grand magasin | department store |
| magnétique | magnetic |
| le magnétophone | tape recorder |
| magnifique | magnificent |
| le maillot de bain | swimming suit |
| la main | hand |
| maintenant | now |
| mais | but |
| la maison | house |
| mal | badly |
| le mal de tête | headache |
|    avoir mal à la tête | to have a headache |
| la malchance | bad luck |
| malgré | in spite of |
| le malheur | misfortune |
| malheureusement | unfortunately |
| manger | to eat |
| Maman | Mom |
| la manœuvre | manoeuver |
| manquer | to miss |

| | |
|---|---|
| la marche | step, working, running |
|    marche avant | forward |
|    marche arrière | reverse |
|    marcher | to work, to operate, to run, to walk |
| le mari | husband |
| le mariage | marriage, wedding |
| les mariés | bride and groom |
|    les jeunes mariés | newlyweds |
| la Marseillaise | *French national anthem* |
| le matériel | equipment |
| le matin | morning |
|    mauvais | bad |
| le maximum | maximum |
|    me, m' | me, to me |
|    méchant | mean |
| le médecin | doctor |
| le mégaphone | megaphone |
|    meilleur | better, best |
| le méli-mélo | hodge-podge |
|    même | same, even, very, -self, -selves |
|    tout de même | all the same |
| le menton | chin |
| le menu | menu |
|    méprisant | scornful |
|    merci | thank you |
| la mère | mother |
|    merveilleux (-euse) | marvelous |
| Mesdames | Ladies |
| Mesdemoiselles | (young) Ladies |
| le message | message |
| Messieurs | Gentlemen |
|    met | *from* mettre |
| la méthode | method |
| le métier | job, trade, work |
| le mètre | meter |
|    mets | *from* mettre |
|    mettre (mis) | to put, to put on |
| le micro | microphone |
|    midi | noon |
| le miel | honey |

| | |
|---|---|
| le mien (la mienne) | mine |
| mieux | better |
| tant mieux | so much the better |
| militaire | military |
| mille | (one) thousand |
| le ministre | minister |
| le Ministère de l'Air | Air Ministry |
| la minute | minute |
| mis | *from* mettre |
| la mitraillette | submachine gun |
| la mode | fashion |
| à la mode | in style |
| le modèle | model |
| moderne | modern |
| moi | me, I |
| moindre | least |
| moins | less |
| au moins | at least |
| le mois | month |
| le moment | moment |
| en ce moment | right now |
| c'est le moment | it's time |
| mon | my |
| le monde | world |
| du monde | many people, a crowd |
| tout le monde | everybody |
| la monnaie | change |
| Monsieur | Sir, Mr.——— |
| le monsieur | gentleman |
| la montagne | mountain |
| monter | to carry (something) up |
| *monter | to go up |
| *monter dans le camion | to get in the truck |
| la montre | watch |
| montrer | to show |
| mort | dead |
| la mort | death |
| le mot | word, note |
| le moteur | motor |
| le mouton | mutton |
| mouvoir (mu) | to move |

| | |
|---|---|
| moyen | average |
| le Moyen-Orient | Middle East |
| muet (muette) | silent |
| le mulot | field mouse |
| la multiplication | multiplication |
| le mur | wall |
| le mur du son | sound barrier |
| le musée | museum |
| musical | musical |
| la musique | music |
| le mystère | mystery |
| mystérieux (-euse) | mysterious |

# N

| | |
|---|---|
| n' | *see* ne |
| n'est-ce pas? | isn't it? doesn't it? hasn't it? etc. |
| la nacre | mother of pearl |
| la naissance | birth |
| date de naissance | birthday |
| naître (né) | to be born |
| nasal | nasal |
| la nasale | nasal *(sound)* |
| national | national |
| route nationale | main highway |
| la nationalité | nationality |
| naturellement | naturally, of course |
| la navigation | navigation |
| ne... pas, n'... pas | not |
| nécessaire | necessary |
| le nécessaire | requirements, indispensable |
| la négociation | negotiation |
| négocier | to negotiate |
| neuf | nine |
| neuf (neuve) | brand new |
| neutraliser | to neutralize |
| neuve | brand new, *see* neuf |
| neuvième | ninth |

| | |
|---|---|
| le niveau | level |
|     passage à niveau |     railroad crossing |
| les noces (f) | wedding |
|     voyage de noces |     honeymoon |
| Noé | Noah |
| noir | black |
| le nom | name |
| non | no |
| non plus | neither |
| normal | normal |
| la note | note |
| notoire | well-known |
| notre | our |
| nous | we, (to/for) us, ourselves, each other |
| nouveau (nouvelle) | new |
|     de nouveau |     again |
|     du nouveau |     something new |
| la nouvelle | piece of news |
| les nouvelles (f) | news |
| le nuage | cloud |
| la nuit | night |
| le numéro | number |

# O

| | |
|---|---|
| l'observateur (m) | observer |
| observer | to observe |
| obstiné | stubborn |
| occupé | busy, *from* occuper |
| occuper | to occupy |
| *s'occuper de | to look after, to take care of |
| ocre | ochre |
| l'œil (m) (pl: yeux) | eye |
|     mon œil! |     my eye!  scram! |
| l'œuf (m) | egg |
| officiel (-elle) | official |
| on | one, we, they |
| l'onde (f) | wave |
|     sur les ondes |     on the air |

| | |
|---|---|
| ont | *from* avoir |
| qu'est-ce qu'ils ont? | what's the matter with them? |
| onze | eleven |
| onzième | eleventh |
| l'opération (f) | operation |
| l'orage (m) | storm |
| l'orange (f) | orange |
| orange pressée | fresh orangeade |
| l'ordre (m) | order |
| l'oreille (f) | ear |
| orner | to decorate |
| l'orthophoniste (m) | speech therapist |
| l'os (m) | bone |
| ôter | to remove |
| où | where |
| où est-ce que . . . ? | where . . . ? |
| ou | or |
| ou bien, ou alors | or else |
| oublier | to forget |
| l'ouest (m) | west |
| oui | yes |
| s'ouvre | *from* ouvrir |
| elle s'ouvre | it is opened |
| ouvrent | *from* ouvrir |
| ouvrez | *from* ouvrir |
| ouvrir (ouvert) | to open |
| l'ovation (f) | ovation |

# P

| | |
|---|---|
| PDG | *see* président |
| paie | *from* payer |
| le pain | bread |
| la paix | peace |
| la paix! | get lost! |
| Palmor | *brand of soap* |
| la panne | breakdown, failure |
| le papier | paper |
| vos papiers | your identification papers |

| | |
|---|---|
| par | by |
|   par là |   that way |
|   par ici |   this way, around here |
|   par terre |   on the ground |
|   parce que | because |
| le pardon | forgiveness |
|   pardon | pardon me, sorry |
|   pardonner | to forgive |
|   pareil (-eille) | same, such |
|   parfait | perfect |
|   parler | to speak |
|   parlez! | speak up! |
|   pars | *from* partir |
|   part | *from* partir |
| la part | share |
|   de la part de |   from, on behalf of |
|   partant | leaving |
|   partez! | leave! go! *from* partir |
|   particulier | particular |
| la partie | part |
| *partir | to go away, to leave |
|   partons | *from* partir |
|   partout | everywhere |
|   pas | not |
|   pas de, pas d' | no, not any |
|   pas grand-chose | not much |
| le passage | passage |
| le passage à niveau | railroad crossing |
| la passe | pass |
| le passeport | passport |
|   passer | to pass, to hand over, to spend |
| *se passer | to happen |
|   qu'est-ce qui se passe? |   what's happening? |
| la patience | patience |
| le patron | boss, owner *(restaurant)* |
| la patronne | landlady *(hotel)* |
| la pause | pause |
|   pauvre | poor |
|   payer | to pay |
| le pays | country, locality |
|   vin de pays |   local wine |

| | |
|---|---|
| la peau | skin |
| pendant | during |
| la pendule | clock |
| pénible | painful |
| la pensée | thought |
| penser | to think |
| vous pensez! | don't you see! |
| perd | *from* perdre |
| perdons | *from* perdre |
| perdre (perdu) | to lose, to waste |
| perdu | *from* perdre |
| perfectionné | improved |
| la perle | pearl |
| permets | *from* permettre |
| permettez | *from* permettre |
| vous permettez? | may I? |
| permettre (permis) | to allow, to permit |
| permis | *from* permettre |
| le permis | permit |
| le permis de conduire | driver's license |
| la permission | permission |
| la personne | person |
| le personnel | personnel |
| personnellement | personally |
| petit | small, little |
| mon petit! | old chap! |
| peu (de) | little, few |
| un petit peu | a bit |
| à peu près | about |
| la peur | fright |
| avoir peur | to be scared |
| peut | *from* pouvoir |
| peut-être | maybe, perhaps |
| peux | *from* pouvoir |
| la photo | picture, snapshot |
| photographier | to photograph |
| le pied | foot |
| à pied | on foot, walking |
| le pilote | pilot |
| le pilote d'essai | test pilot |

| | |
|---|---|
| le pin | pine tree |
| la pipe | pipe |
| nom d'une pipe! | shucks! darn! |
| pipi | *see* faire pipi |
| pire | worse, worst |
| pis | worse |
| tant pis | too bad |
| la piste | runway |
| la place | place, seat, square |
| la place du village | the village square |
| sur place | on the spot |
| *se plaindre | to complain |
| plaire (plu) | to please |
| le plaisir | pleasure |
| plaît | *from* plaire |
| s'il vous/te plaît | please |
| le plan | plan, city map |
| plaquer | to leave |
| le plein | fill up |
| plein | full |
| pleurer | to cry |
| les pleurs (m) | tears |
| le pli | fold |
| la pluie | rain |
| plus | more, plus |
| plus que | more than |
| le plus . . . possible | as . . . as possible |
| au plus . . . | as . . . as possible |
| ne . . . plus | no . . . more |
| le poing | fist |
| le point | point |
| à point | done to a turn, in the right condition |
| la poitrine | chest |
| la police | police |
| le policier | policeman |
| politique | political |
| le Polonais | Pole |
| le pompiste | gas pump attendant |
| pondre (pondu) | to lay (an egg) |
| Pons | *small town, near Toulouse* |

|  |  |
|--------|---------|
| le porc | pork |
| la porte | door |
| porter | to carry |
| poser | to pose |
| *se poser | to land |
| la position | position |
| la possession | possession |
| la possibilité | possibility |
| possible | possible |
| la poste | post office |
| le poste | post, (radio) set |
| le poste de police | police station |
| le poulet | chicken |
| pour | for |
| pourquoi | why |
| poursuivi | chased |
| pourtant | however |
| pouvait | could, *from* pouvoir |
| pouvez | *from* pouvoir |
| pouvoir (pu) | to be able to, can, to be allowed to, may |
| pouvons | *from* pouvoir |
| précis | accurate |
| précisement | precisely |
| la préfecture | *police headquarters in Paris* |
| préférer | to prefer |
| premier (-ère) | first, prime |
| prend | *from* prendre |
| prendre (pris) | to take, to have |
| prendre place | to take a seat, to sit down |
| prendre feu | to catch fire |
| prends | *from* prendre |
| prenez | *from* prendre |
| prennent | *from* prendre |
| ils prennent place | they sit down |
| le prénom | first name |
| prenons | *from* prendre |
| préparer | to prepare |
| près (de/des) | near, close |
| de près | closely |
| à peu près | about |

| | |
|---|---|
| la présentation | presentation |
| présenter | to present, to introduce |
| le président | president, chairman |
| le Président Directeur Général, PDG | President—Chairman of the Board |
| presque | almost |
| la presse | press |
| pressé | in a hurry, (freshly) squeezed |
| prestigieux (-euse) | marvelous |
| prêt | ready |
| le prétexte | pretext |
| prier | to pray, to ask |
| je vous prie | please |
| je t'en prie, je vous en prie | please do, I beg you |
| le principe | principle |
| en principe | supposedly |
| pris | *from* prendre |
| pris de court | caught short |
| la prison | jail |
| le prisonnier | prisoner |
| probablement | probably |
| le professeur | professor |
| la profession | profession, occupation |
| la promesse | promise |
| la prononciation | pronunciation |
| à propos | by the way |
| à propos de | about |
| propre | own |
| la province | province |
| prudemment | cautiously |
| prudent | cautious |
| pu | *from* pouvoir |
| le public | public |
| puis | then |
| la puissance | power |
| puissant | powerful |
| pur | pure |
| les Pyrénées | *Mountain range between Spain and France* |

# Q

| | |
|---|---|
| qu' | *see* que |
| qu'est-ce que | what |
|    qu'est-ce que c'est? |    what is it? |
|    qu'est-ce que c'est que ça? |    what's that? |
|    qu'est-ce qu'il y a? |    what's the matter? |
|    qu'est-ce que tu fais? |    what are you doing? |
|    qu'est-ce que tu veux? |    what do you want? |
|    qu'est-ce qui se passe? |    what's going on? |
|    qu'est-ce que je suis en retard! |    how late I am! |
| la qualité | quality |
| quand | when |
| le quart | quarter |
|    un quart d'heure |    fifteen minutes |
|    . . . moins le quart |    a quarter to . . . |
| quarante | forty |
| Quasimodo | Hunchback of Notre Dame *(monstrous hero of Victor Hugo's novel)* |
| quatorze | fourteen |
| quatorzième | fourteenth |
| quatre | four |
| quatre-vingts | eighty |
| quatre-vingt-dix | ninety |
| quatrième | fourth |
| que | what, that, which |
| quel (quelle) | what, what a |
| quelqu'un | someone, somebody |
| quelque chose | something |
| quelque part | somewhere |
| quelques | some, a few |
| la querelle | quarrel |
| la question | question |
|    pas question |    out of the question |
| qui | who, whom, which |
| quinze | fifteen |
| quinzième | fifteenth |

| | |
|---|---|
| quitter | to leave |
| quittez | *from* quitter |
| ne quittez pas! | hold the line! |
| quoi | what |

# R

| | |
|---|---|
| raccrocher | to hang up (telephone) |
| le radar | radar |
| la radio | radio |
| Radio Inter | *fictitious radio station* |
| la raison | reason |
| avoir raison | to be right |
| raisonnable | reasonable |
| ralentir | to slow down |
| la rame | oar |
| rapide | fast |
| rapidement | quickly |
| rappeler | to call back, to recall, to remind |
| le rapport | connection, link |
| ras | close-cropped |
| raser | to shave |
| le rasoir | razor |
| rater | to miss |
| rattraper | to catch up with |
| la réaction | reaction |
| recevoir | to receive |
| la recherche (de) | search (for) |
| rechercher | to search for |
| reçoit | *from* recevoir |
| reconnais | *from* reconnaître |
| reconnaître | to recognize |
| *redescendre (redescendu) | to go back down |
| réfléchir | to think |
| refuser | to refuse |
| regarder | to look at |
| régler | to regulate |
| regretter | to regret, to be sorry |
| la reine | queen |

| | |
|---|---|
| relever (un numéro) | to read (a number), to make a note of |
| remarquer | to notice |
| remercier | to thank |
| *remonter | to walk back up |
| la remorque | trailer |
| la rencontre | encounter |
| rencontrer | to meet |
| le rendez-vous | date, appointment |
| rendre | to return |
| rends | *from* rendre |
| renoncer | to disavow, to give up |
| le renseignement | (piece of) information |
| les renseignements (m) | information |
| rentré | returned home, back home |
| *rentrer | to return home |
| *repartir | to start again |
| repasser | to pass again |
| répéter | to repeat |
| répond | *from* répondre |
| répondez | *from* répondre |
| répondre (répondu) | to answer |
| le reportage | report, reporting job, running commentary |
| le reporter | reporter |
| reprendre (repris) | to take over, to resume |
| la république | republic |
| réserver | to reserve |
| la réserve | reserve |
| le réservoir | tank |
| résigné | resigned |
| la résistance | resistance |
| la respiration | breathing |
| respirer | to breathe |
| responsable | responsible |
| ressorti | out again, *from* ressortir |
| *ressortir | to go out again |
| le restaurant | restaurant |
| *rester | to stay, to remain |
| le résultat | result |
| le retard | delay, lateness |
| en retard | late |

| | |
|---|---|
| retenir | to retain, to reserve |
| *retourner | to return, to go back |
| retrouver | to meet again, to find again |
| la revanche | revenge |
| *revenir | to come back |
| reviens | *from* revenir |
| je reviens! | I'll be right back! |
| revoici | here is again |
| revoir | to see again |
| au revoir | goodbye |
| le revolver | revolver |
| riant | *from* rire |
| en riant | laughing |
| ridicule | ridiculous |
| rien | nothing |
| rien ne va plus! | no more bets! |
| rigoler | to laugh |
| rire (ri) | to laugh |
| le rire | laugh, laughter |
| le risque | risk |
| rit | *from* rire |
| rival | rival |
| le roi | king |
| Romeo | *Shakespeare's classical lover* |
| rose | pink |
| rouge | red |
| le rôti | roast |
| rouler | to roll, to taxi, to drive |
| *se rouler | to roll up |
| la route | road |
| en route | on the way, on the road |
| en route! | on our way! |
| en route pour . . . | on the way to . . . |
| la rue | street |
| russe | Russian |

| | |
|---|---|
| s' | *see* si *or* se |
| sa | his, her |

| | |
|---|---|
| le sabotage | sabotage |
| saboter | to sabotage |
| le saboteur | saboteur |
| sacrebleu! | Good Lord! |
| saignant | rare |
| sais | *from* savoir |
| sait | *from* savoir |
| la salade | salad |
| sale | dirty |
| la salle de bain | bathroom |
| le salon | living room |
| le Salon | Show |
| le Salon de l'Aéronautique | aviation Show |
| salopard! | skunk! swine! |
| saluer | to greet |
| le salut | greeting |
| Salut! | Hi!  See you! |
| la salutation | greeting |
| le samedi | Saturday |
| le sang | blood |
| bon sang! | hang it! |
| sans | without |
| la santé | health |
| à ta santé! | to your health!  cheers! |
| la sarcelle | teal |
| satisfait de | satisfied with |
| la saucisse | sausage |
| le sauget | *variety of lilac* |
| savais | *from* savoir |
| sauvé | saved, safe |
| le savant | scholar |
| savent | *from* savoir |
| savez | *from* savoir |
| saviez | knew, *from* savoir |
| savoir (su) | to know |
| le savon | soap |
| savons | *from* savoir |
| scientifique | scientific |
| le scoop | scoop |
| se, s' | oneself, himself, herself, itself, themselves, each other |

| | |
|---|---|
| sec (sèche) | dry |
| la seconde | second |
| secret (-ète) | secret |
| le secret | secret |
| le/la secrétaire | secretary |
| le secteur | area |
| la sécurité | security |
| en sécurité | safe, safely |
| seize | sixteen |
| seizième | sixteenth |
| sembler | to seem |
| sens | *from* sentir |
| sensationnel (-elle) | sensational |
| sentir | to feel |
| sept | seven |
| septième | seventh |
| le sergent | sergeant |
| sérieux (-euse) | serious |
| sert | *from* servir |
| le service | service, department |
| servir | to serve |
| ses | his, her |
| seul | single, alone |
| seulement | only |
| le shampooing | shampoo |
| si | yes |
| si | so (much) |
| si, s' | if |
| s'il vous/te plaît | please |
| le sien | his |
| le sifflet | whistle |
| signaler | to point out |
| signer | to sign |
| le silence | silence |
| simple | simple |
| la sirène | siren |
| la situation | situation |
| six | six |
| sixième | sixth |
| la société | company |

| | |
|---|---|
| soigner | to take care of |
| le soir | evening |
|    ce soir |   tonight |
|    à ce soir |   see you tonight |
| soixante | sixty |
| le sol | ground |
|    au sol |   on the ground |
| le soleil | sun |
| la sommation | summons |
|   sommes | *from* être |
|   son | his, her |
| le son | sound |
|   sonner | to ring |
| la sonnette | door bell |
|   sont | *from* être |
|   sors | *from* sortir |
|   sorti | *from* sortir |
| la sortie | exit |
|   sortir | to take out, to let out |
|   *sortir | to go/come out |
| la soucoupe volante | flying saucer |
|   soudain | suddenly |
|   sourd | deaf |
|   sourire | to smile |
| la souris | mouse |
|   sous | under |
| la soustraction | subtraction |
| *se souvenir | to remember |
| le souvenir | memory |
|   souviens | *from* souvenir |
| le speaker | announcer |
| la specialité | specialty |
| le squelette | skeleton |
| le stand | booth |
| la station-service | service-station |
| le store | window shade |
|   strict | strict |
| le studio | studio |
| le stylo | pen |
|   suffit | *from* suffire |
|     ça suffit! |   that's enough! |

| | |
|---|---|
| le suicide | suicide |
| *se suicider | to kill oneself |
| suis | *from* suivre |
| suis | *from* être |
| suit | *from* suivre |
| la suite | sequel, continuation |
| la suite au prochain numéro | to be continued in the next issue |
| suivez | *from* suivre |
| suivre (suivi) | to follow |
| super | super, top quality gasoline |
| supersonique | supersonic |
| supposer | to suppose |
| sur | on |
| sûr | sure |
| bien sûr | of course |
| sûrement | surely, certainly |
| surpris | surprised, *from* surprendre |
| la surprise | surprise |
| surtout | mostly, especially |
| surtout gardez le contact | be sure to keep in contact |
| le suspect | suspect |
| sympathique | nice, friendly |
| le synonyme | synonym |
| le système | system |

# T

| | |
|---|---|
| t' | *see* te |
| ta | your |
| la table | table |
| tactique | tactical |
| *se taire | to be quiet |
| tais-toi! | be quiet! |
| taisez-vous! | quiet! |
| tant | so much |
| tant pis! | it can't be helped, too bad! |
| tant mieux! | so much the better! |
| taper | to type |
| tard | late |

| | |
|---|---|
| le taxi | taxicab |
| te, t' | you |
| le technicien | technician |
| technique | technical |
| teindre (teint) | to dye |
| le téléphone | telephone |
| téléphoner | to phone |
| tellement | so (much) |
| le temps | weather, time |
| Quel temps fait-il? | How is the weather? |
| pendant ce temps | meanwhile |
| tendre | tender, delicate |
| tendu | tense |
| tenez! | here you are! |
| tenir | to hold, to run (a shop) |
| la tension | tension, blood pressure |
| terminé | finished |
| terminé! | out! *(on two-way radio)* |
| terminer | to end, to finish |
| la terrasse | terrace |
| la terre | ground, soil, dirt |
| terrible | terrible |
| terriblement | terribly |
| le terrorisme | terrorism |
| tes | your |
| le test | test |
| la tête | head |
| en tête à tête | alone together |
| je n'aime pas la tête de. . . . | I don't like the looks of. . . . |
| le thé | tea |
| le théâtre | theater |
| la tienne | yours |
| à la tienne! | here is to you! |
| tiens! | here you are! |
| tiens! | well, well! |
| tirer | to draw, to shoot |
| le titre | title, headline |
| toi | you |
| le toit | roof |
| *tomber | to fall |

| | |
|---|---|
| ton | your |
| le tonnerre | thunder |
| coup de tonnerre | thunderclap |
| le top | beep |
| torrentiel (-elle) | torrential |
| tôt | early |
| total | total |
| toucher | to touch |
| toujours | always, still |
| Toulouse | *city in Southwest France* |
| le tour | turn |
| à (son) tour | in (his) turn |
| faire le tour | to go around |
| la tour de contrôle | control tower |
| le/la touriste | tourist |
| touristique | touristic |
| tourner | to turn |
| tous | all |
| tous les deux | both |
| tousser | to cough |
| tout | any, all, everything |
| tout à fait | absolutely |
| tout à l'heure | after a while, a moment ago |
| à tout à l'heure! | see you later! |
| tout d'abord | first of all |
| tout de même | all the same |
| tout de suite | right away |
| tout droit | straight ahead |
| tout le monde | everybody |
| toutes | all |
| le train | train |
| être en train de. . . | to be (in the process of) . . .-ing |
| le traître | traitor |
| tranquille | quiet |
| transmettre | to transmit |
| transporter | to move, to carry |
| le travail | work |
| travailler | to work |
| à travers | through |
| traverser | to cross |

| | |
|---|---|
| treize | thirteen |
| treizième | thirteenth |
| trente | thirty |
| très | very |
| la tribune | grandstand |
| le troc | swap |
| trois | three |
| troisième | third |
| *se tromper | to make a mistake, to be mistaken |
| trop | too, too much |
| le trottoir | sidewalk |
| la troupe | troop |
| trouver | to find |
| *se trouver | to be located, to be |
| le truc | contraption |
| la truffe | truffle |
| la truite | trout |
| tu | you |
| tuer | to kill |
| le type | type, guy |

# U

| | |
|---|---|
| un, une | a, an, one |
| l'urgence (f) | emergency |
| urgent | urgent |
| l'usine (f) | plant |

# V

| | |
|---|---|
| va | *from* aller |
| ça va | everything is all right |
| ça ne va pas | it's not working out, it is not going to . . . |
| elle s'en va | she leaves |
| on y va! | let's go! |
| les vacances (f) | vacation |
| vague | vague |

| | |
|---|---|
| la vague | wave |
| vais | *from* aller |
| la valise | suitcase |
| vas | *from* aller |
| vas-y! | get going! |
| tu vas bien? | are you well? |
| le veau | veal |
| vendre | to sell |
| vends | *from* vendre |
| venez | *from* venir |
| venez! | come! |
| vous venez d'entendre... | you have just heard ... |
| *venir (venu) | to come |
| venir de + *infinitif (passé récent)* | to have just ...ed *(recent past)* |
| venons | *from* venir |
| le ventre | abdomen |
| la vérification | verification |
| vérifier | to verify |
| vernir | to varnish |
| le verre | glass |
| un verre | a drink |
| vers | toward |
| vert | green |
| veuillez | *imperative from* vouloir |
| veuillez agréer ... | please accept ... |
| veuillez croire à ... | please believe in ... |
| veuillez agréer l'expression de mes salutations distinguées. | (We remain) yours sincerely. |
| veuillez croire à mon excellent souvenir. | Best regards. |
| veulent | *from* vouloir |
| veut | *from* vouloir |
| veux | *from* vouloir |
| oui, je veux bien | yes please (I'd like some!) |
| je veux bien | I don't mind |
| la victime | victim |
| la victoire | victory |
| vide | empty |
| vider | to empty |

| | |
|---|---|
| la vie | life |
| viennent | *from* venir |
| viens | *from* venir |
| vient | *from* venir |
| vieux (vieille) | old |
| mon vieux! | old man! |
| la vignette | special label |
| le village | village |
| la villageoise | villager |
| la ville | town, city |
| le vin | wine |
| vin de pays | local wine |
| la vinaigrette | oil and vinegar dressing |
| vingt | twenty |
| vingt-et-un | twenty one |
| vingt-et-unième | twenty first |
| vingtième | twentieth |
| violemment | violently |
| la virgule | comma |
| le visage | face |
| la visibilité | visibility |
| visiter | to visit |
| le visiteur | visitor |
| visuel | visual |
| vit | *from* vivre |
| vite | quickly, fast |
| la vitesse | speed |
| à toute vitesse | at full speed |
| en vitesse! | quick! |
| la vitrine | glass showcase |
| vivant | living, alive |
| vivre | to live |
| voici | here is, here are |
| la/le voici | here it is |
| voilà | here/there is, here/there are |
| les voilà | here they are |
| le voilà | here it is |
| voilà! | there you are!  there it is!  here! |
| voilà tout | that's all |

| | |
|---|---|
| voir (vu) | to see |
| vois | *from* voir |
| voit | *from* voir |
| la voiture | car |
| en voiture | by car |
| la voix | voice |
| le vol | flight |
| la volaille | poultry |
| le volant | (steering) wheel |
| voler | to steal, to fly |
| volontiers | willingly |
| vont | *from* aller |
| vos | your |
| votre | your |
| voulais | *from* vouloir |
| voulait | *from* vouloir |
| voulez | *from* vouloir |
| vouloir (voulu) | to want, to wish |
| vouloir dire | to mean |
| voulons | *from* vouloir |
| voulu | *from* vouloir |
| vous | you |
| à vous! | over! *(on two-way radio)* |
| le voyage | journey, trip |
| Bon voyage! | Have a good trip! |
| voyage de noces | honeymoon |
| voyez | *from* voir |
| voyons! | come, come! *from* voir |
| vrai | true |
| vraiment | really |
| vu | *from* voir |

# W

| | |
|---|---|
| le week-end | weekend |
| le whisky | whisky |

# Y

y                          there
  ça y est                  that's it
  il y a                    there is, there are

# Z

le zéro                zero
  Zut!                 Darn it!   heck!

# Notes

# Notes

**Notes**

# Notes

**Notes**

# Notes

# Notes

# Notes